Mayumi Azuma

EREMENTARGERAD

FLAG OF BLUE SKY

INHALT

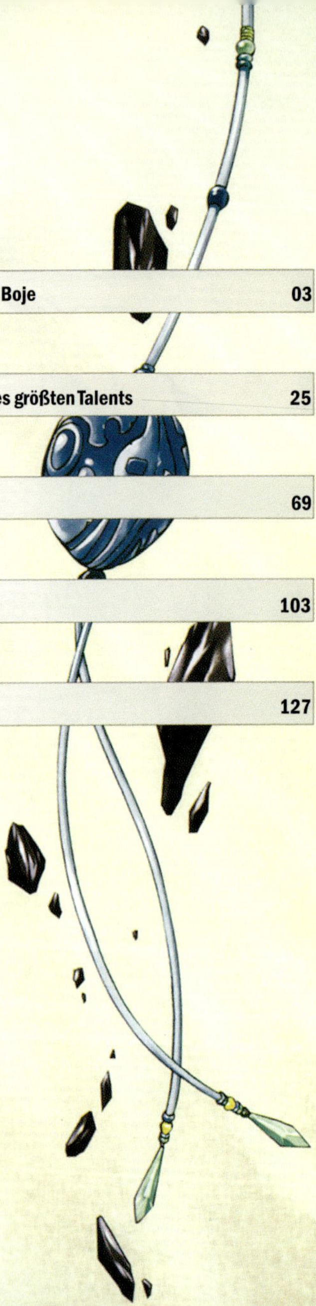

Di-No: 3 (Teil 2)
Ultramarinblauer Fluss der Wüste – Blaue Boje

Wenn ich dir recht bin...
Aber klar doch!
Na los!
Warte !!!
Jin, das geht nicht!!!
Aber es ist total unvernünftig ...
... ohne Wasser und Lebensmittel nach Kashi lle zu gehen.
Mel-dono hat auch gesagt, dass wir so nicht mal zwei Tage überleben.

Hm...
Hey du, hör mal!!!
Ich bin Achea, die Königin von Fuajarl!!!
Ihr müsst mir Lebensmittel verkaufen, damit ich mein Land wiederaufbauen kann!
Nach dem Wiederaufbau bezahle ich euch den 30-fachen Preis!!!
Was...?
Ach, was soll's, von mir aus den 50-fachen!

WAHAHAHA!!
Ausgerechnet wir von Rangitsu sollen dir Kredit gewähren.
Dass ich nicht lache! Spiel dich nicht so großspurig auf, du hast mich aus meinem Mittagsschlaf gerissen!

Boss ...
TAP
UH
Junge Dame, du bist also die Königin von Fuajarl...
Ich habe gehört, dass dieses Land erst neulich von Adilgarden zerstört worden ist.

Richtig!
Bei diesem Angriff fiel mein Vater, König Varunashinga, im Kampf gegen den Präsidenten von Adilgarden.
Ich bin Acheaburca, Varunashingas einzige Tochter!
Na so was...
Aber was macht die Prinzessin eines zerstörten Landes ausgerechnet hier?
Ich bin geflohen, damit ich später das Land wiederaufbauen kann.
Du sagst zwar, dass du das Land aufbauen willst...
... aber dann hat es keinen Sinn, dass du ins Ausland fliehst.
Fuajarl ...
Ich...

Ich bin nicht feige!
Der Minister hat die Macht an sich gerissen!!!
Er...
... hat mir unterstellt, mit Adilgarden unter einer Decke zu stecken ...
Prinzessin ...!
Er hat mich aus meinem Land vertrieben...
Obwohl du geflohen bist, willst du das Land unbedingt wiederaufbauen? Warum?
Dein Land ist jetzt im Besitz des Kerls, der dich davongejagt hat.
Nein !!

Ich will, dass es wieder wird...
... wie damals in jenen fried-lichen Zeiten...!!!
Ach...
Diese Situation ist schrecklich für mich.
Respekt, dass du in deinem Kummer trotzdem an dein Vater-land denkst.
Fuajarl ist das Land meines Vaters!!!
Es ist das geliebte Land meines Vaters! Ich bin dort geboren! Ich bin dort auf-gewachsen!

Allerdings sind wir auch Geschäftsmänner.
Wir haben unseren Stolz!
Yo!
Was meinst du?
Ohne Geld keine Ware.
Auch wenn sie eine richtige Prinzessin ist.
Handelt mit uns!!!
...
Ich bin anderer Meinung.

Tja, junge Dame.
Immer wenn wir von Rangitsu uns untereinander nicht einigen können...
... entscheiden wir die Angelegenheit auf unsere Art.
Junge Dame, wenn du uns im Wettrennen besiegst...
... verkaufen wir euch Wasser und Lebensmittel.
Natürlich auf Kredit.
Wenn du verlierst, verkaufen wir euch nichts. Dann müsst ihr ohne Murren darauf verzichten.
Ist das dein Ernst, Boss?!
Na, wie sieht's aus?

Einverstanden.
Was für ein Rennen?
Oh nein, wie dumm... Man willigt doch erst ei wenn man di Bedingunge des Wettkampfs kenn
Schau!
Das sind unsere Kampadas, unsere Reittiere.
Denen macht es nichts aus, mehrere Tage in unwegsame Gelände und in der Wüste unterwegs zu sein.
Sie können Hitze vertragen, sie besitzen Ausdauer und sind schnell.

Wir treffen die Entschei-dungen, indem wir ein Rennen mit den Kampadas austragen!
Eeeeeh!!!
Aber... Prinzessin ...!!
egen wen trete ich an?
Gegen Kuruji.
Er ist der beste Reiter unserer Karawane.

Achea sama ...
Es ist mir äußerst peinlich, dass Ihr Euch meinetwegen auf dieses Rennen einlasst.
Natürlich mache ich das...
Prinzessin, das geht doch nicht!!!
Schon gut.
Reiten ist meine Spezialität.
Aber das sind Warane!!!
Ich habe eine Bedingung.
Was denn? Du bekommst aber keinen Vorsprung.
Ich will mein Reittier selber auswählen.

Ach so... Von mir aus! Pass auf, dass sie dich nicht beißen.
Danke!
KSSS
KSSS
Sorry, ich will euch nicht ärgern.
Ich will nur ein bisschen eure Beine abtasten.

Boss, du bist zu hart!
Gewähre ihr doch einen Vorsprung.
Die Kampadas sind wegen der langen Reise ganz aufgeregt. Dass sie sich einfach so von einer Fremden anfassen lassen!
Diese Prinzessin scheint etwas von Tieren zu verstehen.
Ich habe mich entschieden.
Ich nehme ihn!

Aha...
In der Tat...
Das wird sicher spannend.

Der Parcours verläuft rund um diesen Hügel bis dahinten. Dort ist das Ziel.
Sieger ist, wer zuerst dort drüben ankommt.

Wie wär's, wenn du ihr den Vortritt lässt?!
Junge Dame, wenn du verlierst, trösten wir dich.
Kuruji, verlier nicht gegen ein Mädchen!
HA
Genau. Du bist doch ein Gentleman!
Pah... Haltet die Klappe!
Ihr Gaffer!
Hey, wenn du aufhören möchtest, dann jetzt.
Ich würde ja gerne Rücksicht nehmen, aber dann bekäme ich Prügel vom Boss.
Ach so. Na dann, nimm eben keine Rücksicht.
Das mache ich auch nicht.

Prinzessin, zeigt es ihnen!
Genau! Sonst bekommen wir weder Wasser noch Lebensmittel...
... und vertrocknen in der Sonne! Wir verdorren! Knochentrocken!
Achea-sama...
Also! Seid ihr bereit?!!

FLAP!
Gut!!!
DASH!

Ein-ver-standen.
Was für ein Rennen?
Schau!
Das sind unsere Kampadas, unsere Reittiere.
Wir treffen die Entscheidungen, indem wir ein Rennen mit den Kampadas austragen!

Di-No: 4 Ultramarinblauer Fluss der Wüste – Der Pokal des größten Talents

Wie das Rennen auch aus-gehen ma wir nehme uns das gegen-seitig nich übel!!!
Seid ihr bereit?!!

Gu!!!
FLAPP
SH
DA

Uah... Puh!
Pufuo!
Köchö! Köchö!!
Prinzessin ...
Vor Euch öffnet eine Felsspalte ihr gähnendes Maul...
Es ist ein einfacher Parcours, Ihr müsst den Hügel umrunden und hierher zurückkehren.
START
GOAL
CREVASSE
HILL
Ach... Ich mache mir Sorgen!!!
Prinzessin!!!
Puffe-dono.
KÖCHÖ
Ach, übrigens, ich hätte nicht gedacht, dass Rangitsu so geizig ist.

Was spricht gegen einen Kredit?
Hey, hey!
Wie kannst du so was sagen? Du bist doch Händlerin wie wir.
Dieses Wettrennen wird Achea wohl verlieren. Das ist doch offensichtlich, oder?
Noch dazu hast du euren schnellsten Reiter ausgewählt, das ist doch lächerlich für einen Geschäftsmann.
Es ist ein Rennen. Man weiß nicht, wie es ausgeht.
?
Was soll das heißen?
Noch dazu bin ich sehr neugierig...
... auf die junge Dame.

Der Kampada, den sie aus-gesucht hat, ist der Schnellste der ganzen Karawane.
Das war kein Zufall...!
Eh...?!!! Na so was?!
Seit ihrer Kindheit liebt Achea-sama das Reiten.
Sie kennt sich mit schnellen Pferden aus.

HI HI
Richtig! In Fuajarl gibt es niemanden, der sich mit der Prinzessin messen kann.
Hm... Ach so... Wenn das so ist...!
Ja, so ist es.
Tja, wer weiß...
Wieso?!
Sie hat zwar den schnellsten Kampada aus-gewählt, aber Kuruji ist unser bester Reiter.
Das junge Fräulein ist eine blutige Anfängerin im Umgang mit Kampadas.

Du hast doch vorhin selbst gesagt, dass man nicht sagen kann, wie das Rennen ausgeht!
Genau!
Haha! So ist es. Wer weiß?
Aufjeden Fall wird das ein spannendes Rennen!
Achea-sama...

Tatsache! Es fühlt sich anders an als auf einem Pferd.
Aber...
... es ist ein ziemlich gutes Ge-fühl.

TARAPP
TARAPP
TARAP
Du sagst zwar, dass du reiten kannst, aber pass auf, dass du nicht abgeworfen wirst!
Egal, was passiert, das hier ist ein Rennen!
Die Felsspalte...
WIEHAA
Vorsicht... Hier entlang!
TRAPP

Eh?!
Nein! Nicht! Nicht weiter...!
BRRR
BRR
KRCKS
Uah!
Was für ein tiefer Abgrund!

Hast du den Abgrund vor uns nicht gesehen?
Wenn wir weitergeritten wären, wären wir da hineingestürzt.
WIEHU?
Was hast du?

Los, weiter!
DASH
Hier ist der Wende-punkt!

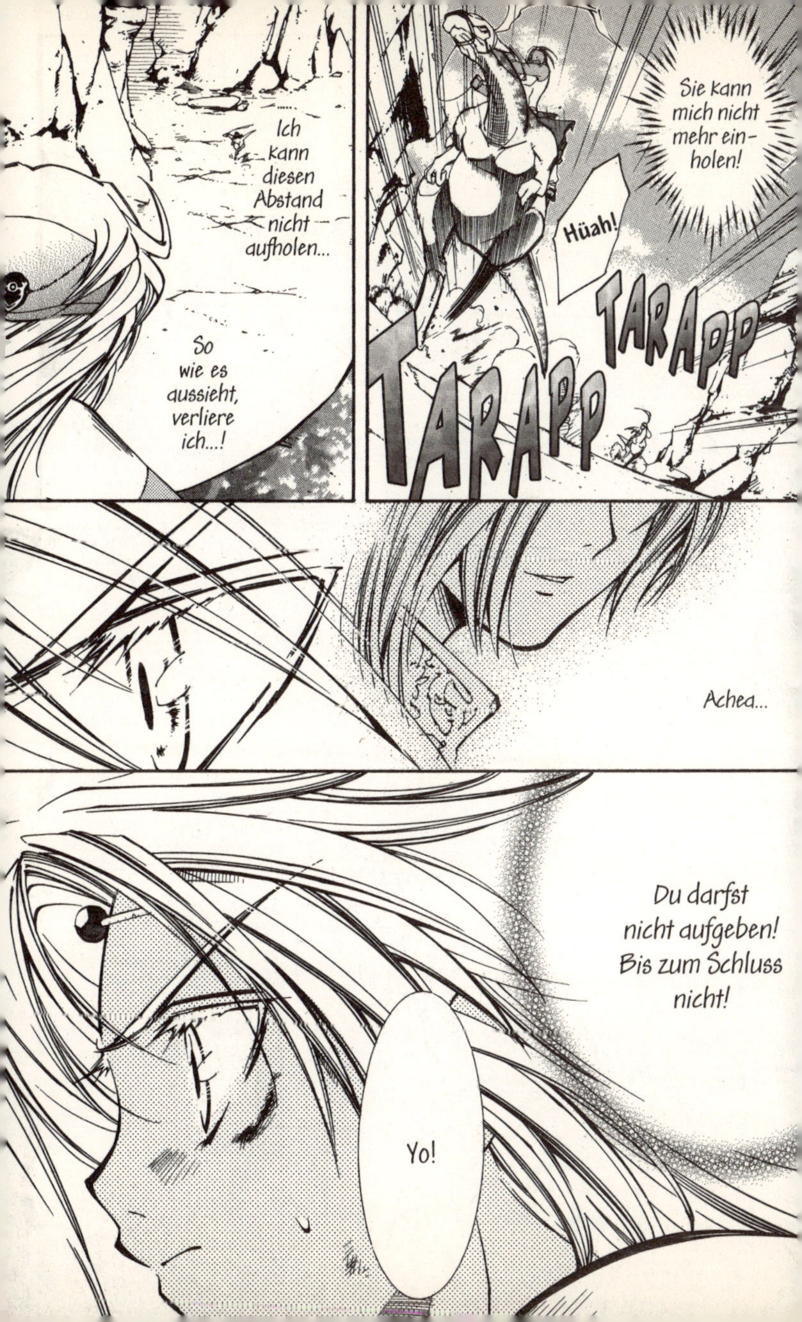
Sie kann mich nicht mehr einholen!
Hüah!
TARAPP
TARAPP
Ich kann diesen Abstand nicht aufholen...
So wie es aussieht, verliere ich...!
Achea...
Du darfst nicht aufgeben! Bis zum Schluss nicht!
Yo!

Aaah!!!
Ich kann die Prinzessin sehen!
Ja? Wo denn?
Putaro, du kannst aber gut kucken...
Sie ist dort bei den Hügeln.
Sie hat den Wendepunkt erreicht und kehrt nun zurück!
Moment mal!
Aber sie liegt ziemlich weit hinten!
Nach dem Wendepunkt an der Felsspalte gibt es eine kurze gerade Strecke.
GOAL
Dort kann sie nicht aufholen...!

TARAPP
WIEHA
Der Kampada reitet weiter direkt geradeaus...
... direkt auf die Felsspalte zu. Warum nur...?
...!!!

Tatsächlich, das sind harte Bedingungen für die junge Dame...
!!
Hey!!!
Was hat sie vor?!
TARAPP
TARAPP

TARAPP
Prin-zessin!!
Die Fels-spalte!!!
Sie...
Wa... Wa... Was ?!
Was macht sie da?!
OH
Will sie etwa drüber-springen ...?!!

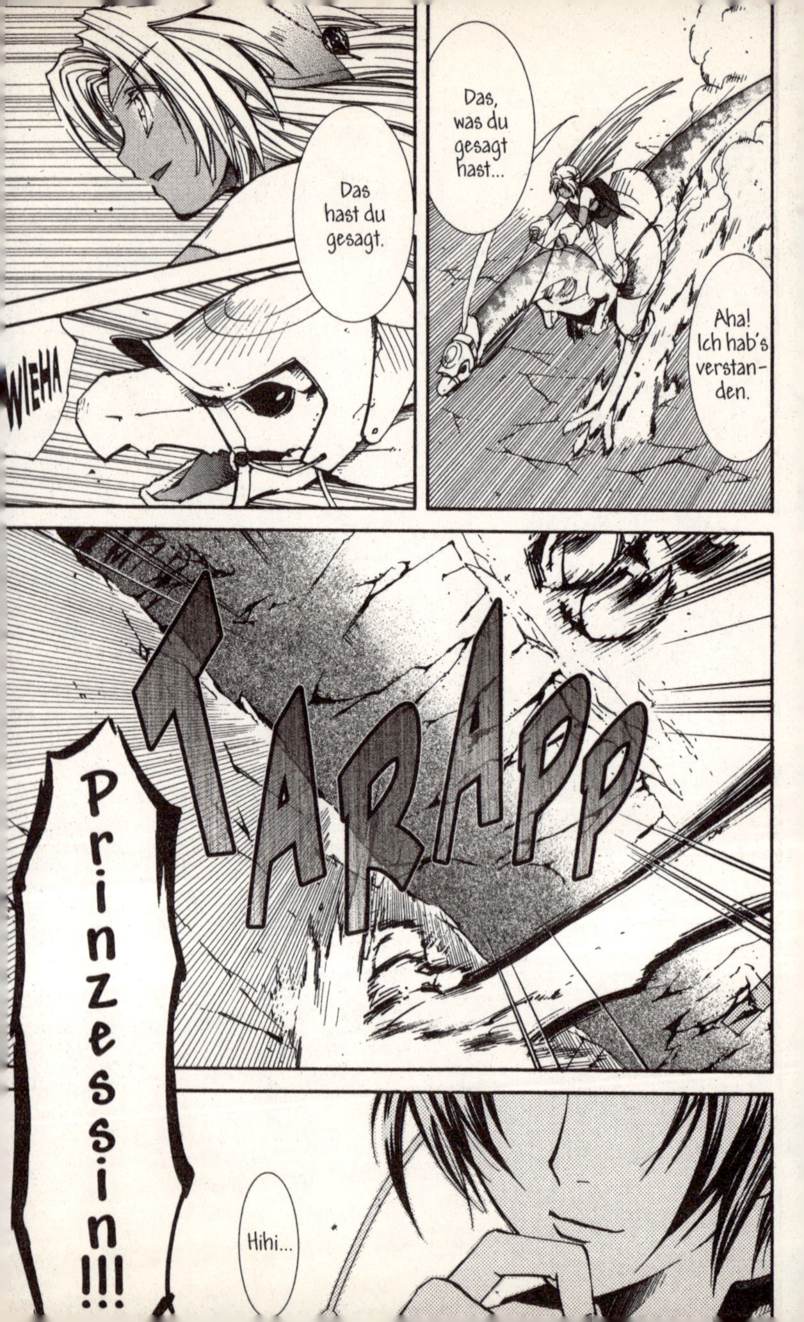
Das, was du gesagt hast...
Das hast du gesagt.
Aha! Ich hab's verstanden.
WIEHA
TARAPP
Prinzessin!!!
Hihi...

Äh... Nichts.
Was gibt e in dies Situati zu lachen
Ent-schul-di-gung.
Aber das war ko-misch ...
Was?!
Ach-tung !!!
Du stürzt ab!!!
Nicht, das ist Wahn-sinn!!!
Achea-sama...

... gewinnt ganz sicher!

Das kann nicht sein...!

ZASH

BASH
Verdammt ...!
Gewonnen !!!

Prinzessin!
DASH
Was für eine tolle Prinzessin.
Nicht wahr, Kuruji...?

SWUSH
Hach!
Tut das gut...!

Mhmm.
Wunderbar, den klebrigen Staub und Schweiß weg-zuwaschen.
Hallo!
Huah!!!
SCHRECK
Sorry, ich wollte dich nicht erschre-cken.
Ich bin's. Kuruji.
Ich muss mich be-danken.
Dafür, dass du mich hier baden lässt.
Ach was... Das ist doch okay.
Ich habe deine Kleidung ge-waschen, sie war durch den Staub ganz schmut-zig.
Sie ist noch nicht trocken, des-halb musst du das hier solange anzie-hen.

Äh... Ich hab das für dich ausgesucht.
Bitte verzeih mir, falls es dir nicht gefällt.
Es ist aber tausendmal besser als das, was die anderen ausgesucht hatten.
Danke ...
Aber wieso hast du dir damit so viel Mühe gegeben?
Ehrlich gesagt, ich hatte nicht gedacht, dass du es schaffen würdest.
Als Frau... Im Grunde genommen bist du ja noch eine Göre.
PIEKS
Sorry, dass ich eine Göre bin!
Nein, das meinte ich nicht.
Tut mir leid.
Ganz und gar nicht!

Tut mir leid ...
Das Rennen heute...
Ich habe gemerkt, dass ich verliere.
Ich konnte nicht alles auf eine Karte setzen.
Es ging nicht um »alles oder nichts«.
Eh...?
Die Kampadas sind von Anfang an direkt auf die Felsspalte zugelaufen.
TARAPP
TARAPP

Wir wollten die Felsspalte umgehen, aber...
... die Kampadas wollten springen.
Als ich sie umgehen wollte...
... hat mein Kampada mich merkwürdig angesehen.
Es sagte: »Warum springen wir nicht rüber?« ...
Für diese Tiere ist es eine Kleinigkeit, eine so große Felsspalte zu überqueren.
...
Hast du das ...
... während des Rennens herausgefunden?
Hm...?
Ja.

Ha!
Hahahaha!
Deswegen habe ich verloren.
Eine totale Niederlage!
Achea...
Wie wär's...

... wenn ihr mit uns gemeinsam weiterreist?
Wie bitte?

Du kannst gut mit den Kampadas umgehen ...
Außerdem... vor allem...
... was den Wiederaufbau deines Reiches betrifft, willst du wirklich...?
Weil für ein Kind wie mich...
... der Wiederaufbau des Landes nur ein schöner Traum bleiben wird?
Nein...
Das wollte ich nicht sagen...
Gar nicht...
Du solltest die Last nicht allein auf deinen Schultern tragen...
Soll ich mich mit euch von Rangitsu zusammenschließen...?
Ich weiß nicht, ob das gut ist.
Achea...

Aber ich bin die Thronfolgerin von Fuajarl...
Das habe ich meinem Vater versprochen.
Ich werde das Land auf jeden Fall wiederaufbauen.
Es gibt nur einen Ort, an den ich zurückkehre...
... und das ist Fuajarl.

Ich liebe Fuajarl sehr...
Das Land und die Leute.
Na dann... Entschuldige.
Haha!
Das soll wohl ein Witz sein!
SWUTT
ZUPP
Weder Gören noch Frauen dürfen bei Rangitsu eintreten.
Tut mir leid!!!

Der Boss will dich sprechen.
Pass auf, dass du nicht aufweichst, steig besser aus der Wanne.
Haha, aber vielleicht ist es besser aufzuweichen, als so flachbrüstig zu sein.
IDIOT
Oh, das steht dir aber gut!
Prinzessin!

Bitte, mach es dir bequem!
Dan-ke.
Also...
Sei ganz beruhigt, junge Dame. Du hast das Rennen gewonnen.
Selbstverständlich verkaufe ich euch Lebensmittel und Wasser.
Morgen früh beladen wir den Panzer.
Wirk-lich?!
Danke!!
Junge Dame...
Ich meine... Achea...

Dein Mut beim Verhandeln mit uns und deine Taktik beim Rennen...
... obwohl du noch so jung bist, das hat mir gefallen.
Das ist ein Zeichen unseres Respekts vor dir.
Das ...?
Der Pokal des Blauen Bandes.
Wir von der Karawane Rangitsu...
... erkennen dich als Königin von Fuajarl an.

Von nun an, immer wenn du uns brauchst...
... eilen wir unter das Banner von Fuajarl. Das geloben wir bei diesem Pokal.

Ich kümmere mich um den Waren-nach-schub.
Durch besondere Kanäle kann ich alles besorgen.
SCHWUPP
Wirk-lich?!! ♡
Herr Boss...
Hm... Boss ...
So nennen mich meine Männer, aber...
... ich bin Dagura-han.
Zu deinen Diensten, junge Dame!
Danke...
... agurahan.

Prin- zessin
Dann können wir uns end- lich auf den Weg nach Kashi Ile machen!
Ja.
Die junge Dame und ihre Begleiter wollen nach Kashi Ile?
Genau.
...
Was denn ?
Ist was passiert?
Melfond, hast du die Nachrichten der Gilde nicht ge- lesen?
Oh...? Nein, hab ich nicht.
Es zeigt nur eure Handels- route an.
TIPP TIPP
Nun... Es ist vielleicht nur ein Gerücht...

In Kashi Ile können gerade die Taufen durch die Wasser-Miko* nicht abgehalten werden.
Es heißt, dass das schreckliche Ausmaße annimmt.
* Zauberinnen
Die Wasser-...
...Miko...?

Di-No: 5 Kashi Ile – Versiegende liebliche Gewässer

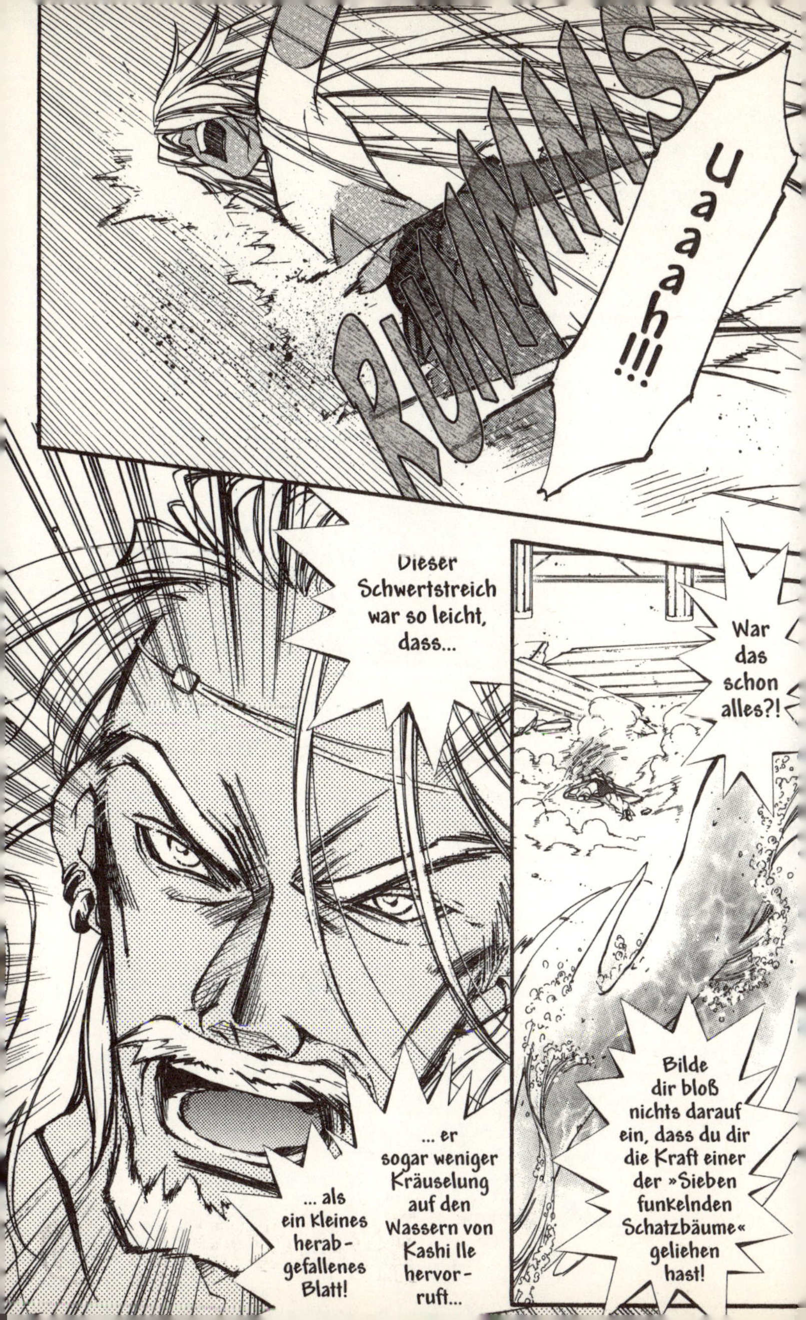
RUMMS
Uaaaah!!!
War das schon alles?!
Bilde dir bloß nichts darauf ein, dass du dir die Kraft einer der »Sieben funkelnden Schatzbäume« geliehen hast!
Dieser Schwertstreich war so leicht, dass...
... er sogar weniger Kräuselung auf den Wassern von Kashi Ile hervorruft...
... als ein kleines herabgefallenes Blatt!

Mit Fähigkeiten auf diesem Niveau kannst du weder dein Königreich wiederaufbauen...
... noch leichtfertig das Maul aufreißen!!!

GO GO
TARAPP
GO GO
TARAPP
BRR BRR
Achea!
Dort ist es!

Der Stadtstaat...
... des Wassers.

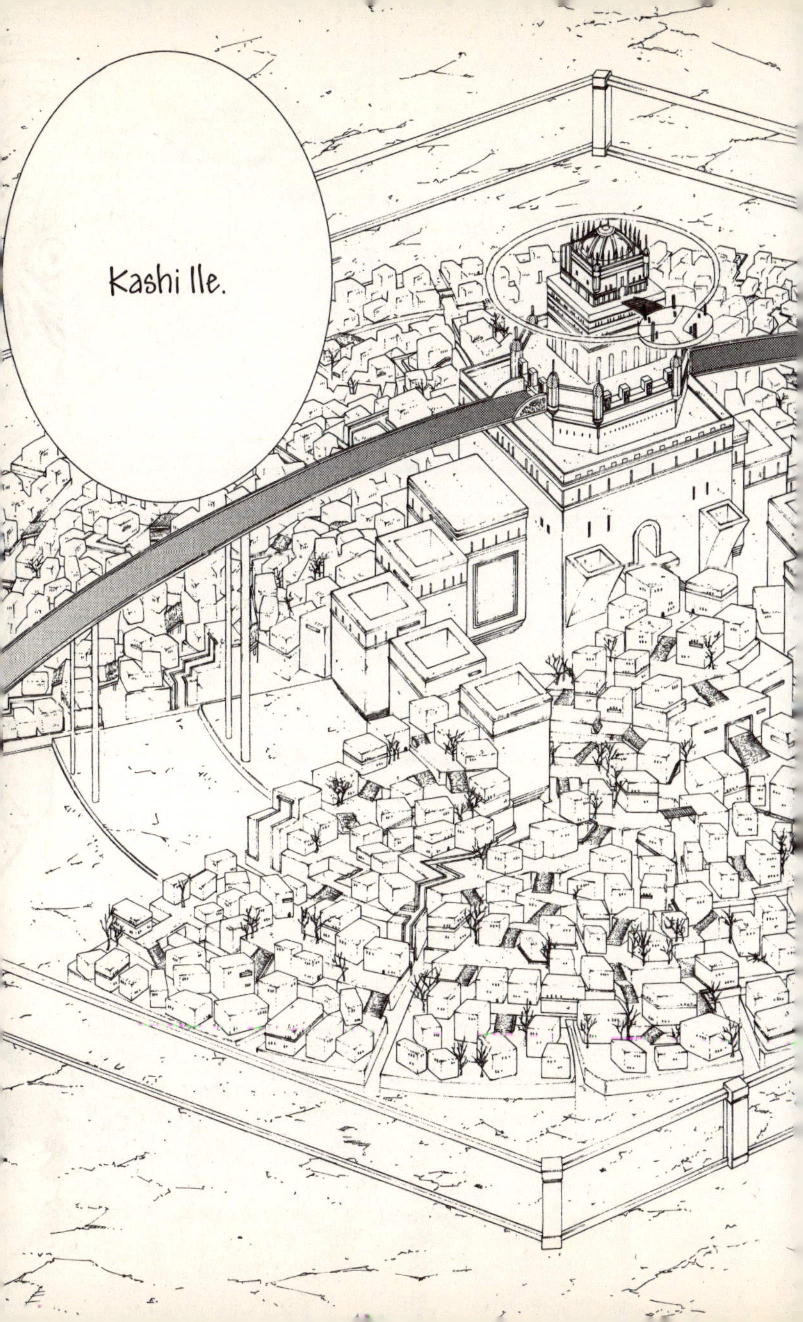
Kashi Ile.

Danke, Kuruji ...
... fürs Bringen. Das hat uns sehr geholfen.
FUMP
Gern geschehen.
Ihr habt zwar zusätzliches Wasser und Lebensmittel geladen, aber...
... wenn ihr euer Ziel nicht erreicht hättet, wäre das echt uncool.
Außerdem war das ein Befehl vom Boss.
Hey, Kuruji!
Begleite Achea und ihr Gefolge bis in die Nähe von Kashi Ile.
Du kennst doch den Weg?
Ja klar, das ist doch nichts Besonderes.
GRINS
GRINS
Warum grinst du denn so?
Hi-hi-hi!
Ich weiß ganz genau Bescheid.
?

Du hast dich in die junge Dame verknallt.
?!!!
Ja, ja, jaaa, ich verstehe deine Gefühle.
Sie ist beherzt und mutig, ich habe nichts dagegen.
Noch fünf Jahre, und aus ihr wird sicher eine wunderbare Frau.
WIEHA
Aber auc wenn ich d Gefühl hal dass noch einige Hinde nisse bevor stehen...
WIEHA
... werde ich sie mit all meiner Kraft unterstützen!
Unser Boss hat ein scharfes Gespür für seltsame Momente...
Was für ein Befehl?

Dass ich Kampfgeist zeigen und dich eskortieren soll, weil du so eine wichtige Prinzessin bist...
... und wenn ich vorher umkehre, ist er entschlossen, mich zu verprügeln...
... hat er gesagt.
OH
Na so was.
Aber ist das in Ordnung für dich?
Die anderen von der Karawane sind doch in die entgegengesetzte Richtung unterwegs?
Keine Sorge.
Ich bin echt schnell.
Auch wenn ich gegen dich verloren habe...
Wenn ch mich eeile, bin h in zwei Tagen wieder bei dir.
Also, Achea.
Ich mache mich auf den Weg!

Vieler Dank!
Grüß den Boss und alle anderen von Rangitsu von mir!
Und du...
... pass auch gut auf dich auf!
Wenn wir von Rangits etwas für dic erledigen sollen, kontaktiere die Gilde!
FLAPP
Melfond kennt sich damit bestimmt gut aus!
Gib dein Bestes, Achea!!!

Danke...
Meine Güte, ich dachte schon, wir schaffen es nicht mehr, aber...
... ein Glück, dass wir doch noch bis nach Kashi Ile gekommen sind!
Ja, nicht wahr.
Ähem...
Es gibt da etwas, das ich immer noch nicht verstehe...
Die Prinzessin ist gerade nicht hier... und deswegen...
Darf ich dich mal was fragen?

Mich... etwas fragen...?
Was denn?
Jin-dono Äh..
Warum hast du dich...
... eigentlich den Leuten von Rangitsu angeboten?
Wenn ich dir recht bin?
Seine Majestät hat gesagt, dass...
... ich sowohl auf dich als auch auf Achea-sama aufpassen soll...
Das war ein Versuch...
SCHLUCK

... sie zu provozieren.
Auf meine Art.
Was...?!
Du wolltest sie provozieren ...?!
Wenn ich auf diese Art gegangen wäre...
... hätte Achea-sama nicht geschwiegen, dachte ich...
Aberaberaber... Was hättest du getan, wenn der Handel zu Stande gekommen wäre?!
Dann hätte ich...
Hm... Tja...
Nach dem Handelsabschluss hätte ich sie überwältigt und wäre dann Achea-sama gefolgt.
Mein Körper funktioniert mit Sonnenenergie...
Rangitsu...! Sie sind der totalen Vernichtung gerade noch entgangen!
Ist das dein Ernst?!
Ha...
Ha-ha...
Das wolltest du tun...?

Oh...
... nein.
Ist etwas passiert, Mel-dono
Nnn ...
Unser Ziel liegt zwar direkt vor unserer Nase, aber...
Boah, sie hat es sich ja richtig bequem in unserem Panzer gemacht.
... es heißt, dass sich Kashi Ile in einer schwierigen Lage befindet...
In den Gildenachrichten weiß man auch noch nichts Genaues darüber.
Der Stadtstaat Kashi Ile wird auch Oase in der Wüste genannt.
Es soll ein friedliches Reich sein, das wie ein Fluss klar und ruhig dahinfließt...

Die Quelle der Liebe...
Tja...
... Kashi lle.
Wo ist es?!!!

Das ist ja...!
Diese tiefer Wege seher aus wie Wasser-kanäle.
Aber sie sind völlig aus-getrock-net...!
Irgendwie habe ich das Gefühl, dass die ganze Stad ausgetrocknet ist.
TAUMEL
Merk-würdig...

Alles in Ordnung mit dir?
Komm zu dir!!!
Ich will... Wasser...
Mein Hals...
Wasser?
Einen Moment, gleich be-kommst du welches.
Hier, bitte!
So, hier ist Wasser.
Trink langsam.
Wartet!
Was macht ihr denn da?!

Groar!
Was fällt euch ein?!!!
Wir haben diesem Mädchen doch nur Wasser...
Genau!
Das ist es ja!
Eben!!!
Was glaubst du eigentlich, in welcher Situation sich unser Reich gerade befindet?!
Na?!
Ihr seid Fremde!!!
Momentan herrscht hier Wasserknappheit.
Deshalb leidet das ganze Volk unter Durst.
Wenn ihr einem Menschen Wasser gebt wie gerade eben...
... könnte das zu einem Aufstand führen.

Zurzeit müssen wir bis auf Weiteres eine Wasser-rationierung erdulden.
Auch das Volk hat diese An-weisung erhalten.
Ich muss euch auf Grund dieses Sachverhalts umgehend zu Seiner Majestät bringen.
Deshalb darf man in diesem Land ohne Erlaubnis kein Wasser mitbringen und nach eigenem Gutdünken verteilen!
Auf Grund dieser ille-galen Tat muss ich euch wie Schwerver-brecher behandeln!
Kapiert?!
Was?!
Du bist immer noch ein unverbes-serliches Großmaul.
Lange nicht gesehen, Kalieda.
Häh...?! Bist du es...?!
Jin?!!

Das gibt's ja nicht... Ich hab dich gar nicht wieder-erkannt!
Das waren noch Zeiten, als du und Shinga-sama hier bei uns wart. Das ist bestimmt 15 Jahre her!
Un-glaublich, wie sehr du in die Höhe geschossen bist!
Mist! Ich habe verloren.
Du auch.
Aus der jungen Rekrutin ist nun eine Vize-Generalin der Kaiserlichen Garde ge-worden...
Jahaha, ich bin befördert worden!
Jin, warst du vorher schon mal hier?

Ja...
Ein Mal. Vor 15 Jahren mit Seiner Majestät...
Vor 15 Jahren wart Ihr noch gar nicht geboren, Prinzessin.
Und ich war damals ein Jahr alt.
Eh...?! Putaro war vor 15 Jahren ein Jahr alt...?! Dann ist er etzt also...?!
Stimmt.
Ich bin jetzt zwölf Jahre alt.
Der König von Kashi Ile, Thorwald-sama, und Seine Majestät ...
... der frühere Herrscher von Fuajarl, waren sehr gut befreundet.
Und schon davor waren Shinga-samas Vater und Thorwald-sama gute Freunde.
Seine Majestät war noch jung, als seine Eltern tarben, deshalb war Thorwald-sama wie ein Vater für ihn.
Und auch Thorwald-sama hatte eine Majestät wie seinen igenen Sohn ns Herz geschlossen.

Bestimmt hätte sich auch Seine Majestät gewünscht dass Achea-sama und Thorwald-sama sich kennenlernen.
Mein Vater auch ...?
?!!!
Hey, Jin!
Hast d gerade »Achea sama« gesagt
Eben ?!
Achea-sama, das heißt ja...
Achea-sama ist Shinga-samas... Oh nein!!
OH NEIN! OH NEIN!
Ist das da Achea-sama, Shinga-samas Tochter?!!
O JE
Ja, genau die Achea-sama.
Uooooh!!!
Ich bitte um Verzeihung!!!
VERBEUG
Das war sehr unhöflich von mir!!!
Jin-donos Bekannte überschlägt sich ja fast...

Nun, als ich hörte, dass Fuajarl von Adilgarden angegriffen worden ist...
... und Shinga-sama nicht mehr ist...
... habe ich darüber nachgedacht, wie wohl die Zukunft von Kashi Ile aussehen wird.
Aber ich bin beruhigt, dass du stattdessen Achea-sama hierhergebracht hast.
Eh...?
Hat sie gesagt, »dass ich stattdessen hier bin«...?
Warum geht es denn um die Zukunft von Kashi Ile...?
Momentan gibt es kein Wasser, aber was hat das mit Fuajarl zu tun?
Wissen Sie etwas darüber, Mel-dono...?
Mel-dono???
SWUTT
SWUTT
Wo ist sie?!
Hi...
Hihihi!

Es kommt!
HI HI HI
Ich spüre es!!! Piep Piep!
Die Wellen zum Geldverdienen!
Kyaaaah!!!

Achea ...
Bist du nach Kashi Ile gegangen?
Ja, ich bin da.
In Kashi Ile.
Warum hast du mich hierhergeführt?
Damit ich den König kennen-lerne?
Oder aber...

Bitte sehr.
Hier sind die Gemächer des Königs.
Majestät!
Hier ist Varunashinga-samas Tochter aus Fuajarl.
Acheaburca-sama gibt sich die Ehre!

Dieser Mann ist...
... der königliche Herrscher von Kashi Ile.
Ich spüre eine andere Größe als bei Vater...
Er flößt Ehrfurcht ein, aber zugleich verbreitet er Ruhe und eine Wärme, die einen einhüllt...
Du bist also Achea...
... Shingas Tochter...
Auch wenn ich dich zum ersten Mal mit eigenen Augen sehe...
... kein Zweifel... Du bist es!

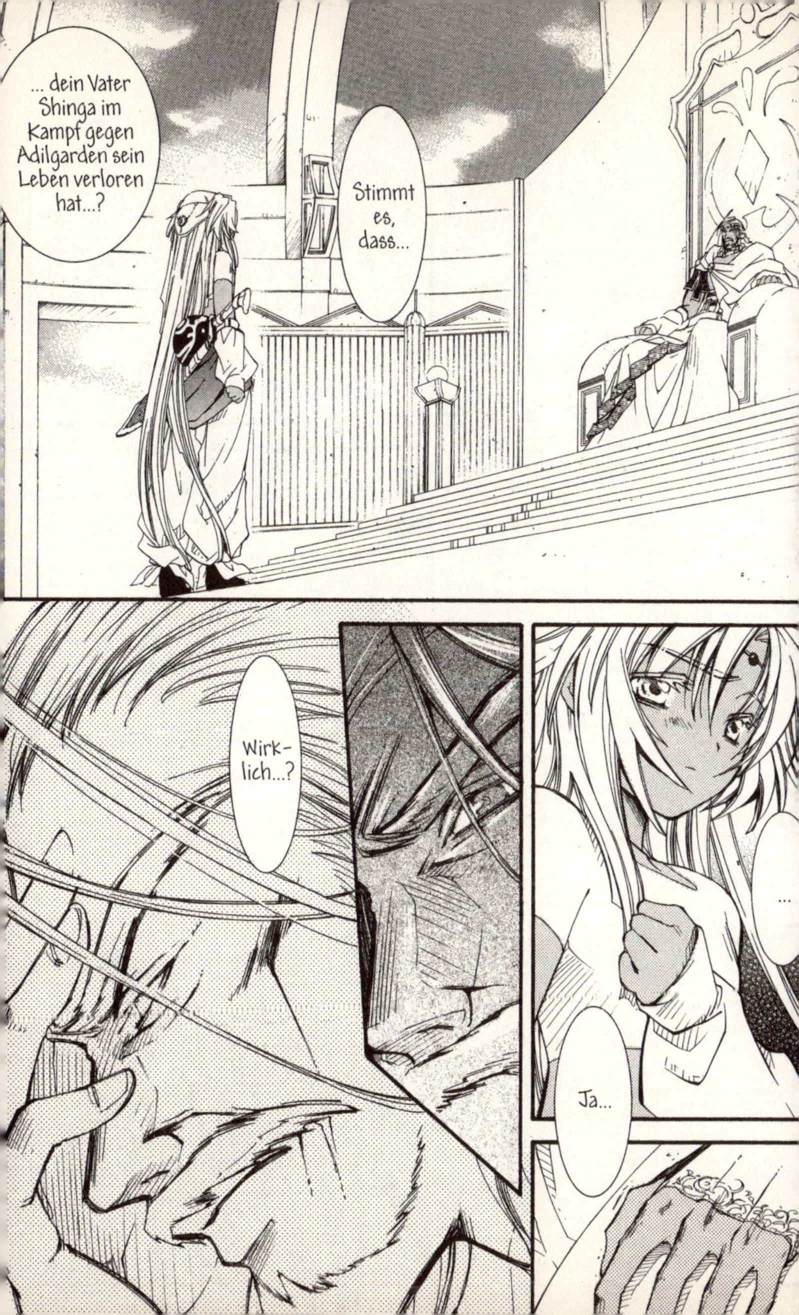
Stimmt es, dass...
... dein Vater Shinga im Kampf gegen Adilgarden sein Leben verloren hat...?
...
Ja...
Wirk-lich...?

Was wird jetzt...
... aus Fuajarl?
TIP
Das...
Ähem ...
Majestät ...
Darf ich das rklären?
Fuajarl wurde von Adilgarden angegriffen...
... und in eine Kältezone verwandelt.
In diesem Kampf verloren viele Soldaten ihr Leben...
... und die Frauen des Königreichs urden gefangen genommen und ach Adilgarden verschleppt.

So etwas Dummes...
Das Klima eines Landes verändern...
Die Macht dazu besitzt nur Adilgarden!
Diese Kerle haben es ganz sicher auf dich abgesehen, du bist eine der »Sieben funkelnden Schatzbäume«...!
Warum bist du hier?
Wenn das nach außen durchsickert...!
Minister Naugan, zu dem Seine Majestät großes Vertrauen hatte...
... hat gemeinsame Sache mit Adilgarden gemacht.
Achea-sama, ich und der Diener Puffe-dono sind gemäß der Anweisung Seiner Majestät geflohen.
Aber Naugans Plan war es, Misstrauen im Volk zu schüren, und er hat Achea-sama aus dem Land gejagt.
Aus dem Land gejagt?!
Aber Achea ist nach Shingas Tod die rechtmäßige Thronfolgerin von Fuajarl!
Das bedeutet also, dass Fuajarl...
Fuajarl!

Ich werde Fuajarl ganz sicher zurückerobern!
Ich habe Vater versprochen, das Land zu beschützen ...!
Vaters Fuajarl werde ich noch einmal...
... genau wie in Friedenszeiten wiederaufbauen. Deshalb habe ich das Land verlassen!
Ich bin Königin... Ich bin die Thronfolgerin. In meinen Adern fließt das Blut der Sonne...!
Deshalb!

»Des-
halb«...?
Was
heißt
das...?
Eh...?
Mit welcher
Hoffnung bist du
hierherge-
kommen?

Kashi Ile...
... hat nicht die Absicht, dir irgendwie zu helfen.

Di-No: 6 Kashi Ile –
Blockierter Fluss der Gefühle

Eh
...?
Was
soll das
heißen?
Es gibt
überhaupt
kein Wasser
mehr!!!

Und ich dachte, dass ich endlich nach Herzenslust in den Wasserfluten des Pools baden könnte.
Und jetzt?! Heute ist mein freier Tag!
GROA
Und außerdem... Schwarz gekleidet in dieser Hitze herumzulaufen, war ein Fehler.
...
Finde ich nicht...
Reg...
... du machst so ein gleichgültiges Gesicht.
Ist dir nicht heiß?
Heiß?

Ist es heiß?!
Waaas ?!
Was redest du da? Die Sonne brennt vom Himmel...!
TOCK
TOCK
Was? Toa?
WISPER
WISPER
WISPER
Ach, so ist das also.
Regujis darf es nicht mitbe-kommen...
Wenn er merkt, dass es heiß ist, dann fängt er an, wie ein Wasserfall zu schwitzen.
SWUSH
Heiß!
SWUSH
Iyaaa!
Und, ist dir...
... jetzt...
. heiß?

Nein, überhaupt nicht!
Ein wunderbar erfrischen-des Klima!
SMILE
Na also.
Uff...
Als Anführer hat man Sorgen...
Jammert gern rum
PUH
Echt ...
Na gut...
Hm ...
BIBIEP
Aha!
Da ist sie!

Das Mädchen da ist die Prinzessin von Fuajarl!
Aha... Dass sie so viel Leidenschaft entwickelt...
Süß!
In Kashi Ile befinden sich drei Adilraid...
Eine davon ist einer der »Sieben funkelnden Schatzbäume«, die aus Fuajarl entkommen ist.
Nein, Toa.
Wir önnen ie nicht sofort auben.
Wir sollten sie noch ein bisschen be-obachten.

Die Macht, irgendwie diese unerträgliche Hitze zu vertreiben...
Ich ahne, dass eine unerwartete Wende bevor-steht.
Ich kann mir wahr-scheinlich denken, aus welcher Absic ihr nach Kas lle gekomme seid, aber...
... wir können deine Hoffnungen nicht er-füllen.

Was...
Wer sind die eigentlich?
Diese Personen...?
Die beiden Adilraid dienen Thorwald-sama, unserem König von Kashi Ile.
Eh ...?!
Raera und...
... ihre jüngere Zwillingsschwester Eura.
Sie widmen ihr ganzes Leben Kashi Ile.
Sie sind die Zauberinnen des Wassers.
Die Wasser-Miko!
Das sind die beiden!
ie besitzen ein recht ungestümes emperament!

Was mag das wohl für eine Person sein, die anstelle von Shinga-sama als neue Thronfolgerin von Fuajarl gekommen ist?
Fließt in deinen Adern das Blut der Sonne?
Ja, klar
Ich bin Acheaburca, Tochter von Varunashinga Fuajarl.
In mir fließt das Blut von Fuajarl.
Das ist aber nicht viel...
Das glaube ich nicht.

Was ...?!
Das ist hart ...
Was redest du da?!!
Die Prinzessin stammt aus der legitimen Königlichen Familie!!!
Wie gesagt, ich kann nicht ein bisschen spüren, dass dieses Mädchen das Blut der Sonne in sich hat!
Findest du nicht auch, Raera?
Ja, Eura.
Sie bezeichnet sich selbst als Thronfolgerin, aber...
... vielleicht ist sie nur ein ganz gewöhnliches Mädchen.
Raera! Eura!
Urteilt nicht voreilig!
Angesichts der aktuellen Situation unseres Landes...
Hast du denn gar kein Mitgefühl?!
Als Fuajarl zerstört wurde...
... hat das nämlich auch das Schicksal von Kashi Ille verändert.
...?
Was soll das heißen ...?

Ich bi sprach los... Sie scheint es wirklich nicht zu ver-stehen...!
Fuajarl ist das Königreich der Sonne.
Seit Urzeiten herrscht eine Familie, die Erben der Sonne, über ein Land im Herzen des Kontinents El Bas.
Kashi Ile Ist einer der Vasallen-Staate die in der Guns der Sonne stehen...
Ein Land, das im Licht erblüht.
Und nur die recht-mäßigen Nachfolger der Sonne...
... besitzen die Macht, das Wasser für dieses Land her-beizurufen und uns zu geben.

Shinga-sama besaß sie auch...
Vater...!
Einmal in 15 Jahren wird ein Ritual durchgeführt, um das Wasser zu rufen, das »Ajakan Ile« genannt wird...
... und dieses Jahr ist ein Jahr, in dem die Zeremonie durchgeführt werden muss.
Aber Shinga-sama hat im Kampf gegen Adilgarden sein Leben verloren und...
... die Zeremonie konnte nicht durchgeführt werden. Die Quellen unseres Landes sind fast versiegt und es gibt nur noch wenig Wasser.
Und auch dieses Wasser wird bald versiegen.
Es geht also nicht nur um Fuajarl!

Wenn d Sonne zerstör wird...
... werden Kashi Ile und auch die anderen Länder ...
... die Gunst der Sonne verlieren. Es geht also um Leben und Tod.
Das... Das heißt...
Deshalb versiegt also das Wasser des Landes.
Shinga-samas Tod ist sehr trauri und bedauerlich.
Für die, die ihm am Herzen lagen, hat er sein Leben aufs Spiel gesetzt und sie bis zum Ende be-wacht...
Das waren Shinga-samas Ge-danken.
Das wollen wir glauben.

Und nun ist eine aus Fuajarl gekommen, in deren Adern das Blut der Sonne fließt...
Wir dachten, dass du zweifellos gekommen bist, um an Shinga-samas Stelle...
... das Wasserritual durchzuführen.
Und, wie sieht es aus?
Du bist aus deinem eigenen Land gejagt worden...
... es gibt keine Möglichkeit, es zurückzuerobern ...
... wie sehr du Kashi Ile auch anflehst...
Also, Thronfolgerin ...
Wo ist die Erbin der Sonne?

Ich verstehe nicht, aus welchem Grund Shinga-sama...
... dein Leben gerettet hat.
Es wäre besser gewesen, du wärst an seiner Stelle ge-storben.

Raera!! Eura!!
Haltet euch zurück!
Achea... Ich entschuldige mich für die Unverschämtheiten...
... der beiden!
Majestät!!!
Aber wenn du tatsächlich gekommen bist, um uns um Unterstützung zu bitten...
... ist uns das leider nicht möglich.
Unser Land nähert sich von Stunde zu Stunde mehr dem Verderben, wir können es nicht aufhalten.
Hast du verstanden? Verlasst sofort unser Land!
Hört auf, ihr beiden!!!
Wir haben keine Zeit mit euch zu verschwenden!

Und du hast dich auch unverschämterweise hierhergewagt!
Jin!
Obwohl du die Adilraid bist, die Shingasama beschützen sollte...
... hast du nur dein eigenes Leben gerettet.
Und dass dieses Mädchen die zukünftige Königin ist...
Das glaubst du doch wohl nicht im Ernst?
Wenn du noch nicht mal in der Lage bist, den Menschen, der dir am wichtigsten ist, zu beschützen...
... wie will eine der »Sieben funkelnden Schatzbäume« der Sonne dienen?

Na-
na-
na-
na-
na!
GROAR
GROAR
GROAR
GROAR
Das ist gemein! Wieso sagt ihr so was, ihr Mistkäfer!!!
Hey, das könnt ihr doch nicht machen...!
Mit Jin...!
Aus reinem Mitgefühl hat Seine Majestät ...!!!
Nein...
Ich bin nicht gekommen, um sie mit meinen eigenen Problemen zu belästigen...
Ich bin nicht gekommen, um um Hilfe zu bitten...

Idola...
Warum hat er mich hierhergeführt...?
Ich bin hierher...
... geführt worden...?!!
König von Kashi Ile.
Lass mich...
... »Ajakan Ile«, das Ritual zum Herbeirufen des Wassers machen.

Was...?!
Was sagst du da?!
Es ist sinnlos. Du kannst es nicht durchführen.
Außerdem, wenn du ein Mal mit dem Ritual scheiterst, kann man das Wasser nicht ein zweites Mal rufen!
Ich habe es doch schon gesagt.
Ich kann das Blut der Sonne in dir nicht spüren!
TAP
Soll das heißen, dass...
... Achea-sama als Thronfolgerin von Fuajarl nicht geeignet ist?

Wenn ihr wollt...
... be-weisen wir es euch.
Jin...?
Ein Beweis...?
Was für ein Beweis soll das sein?
Wollt ihr gegen uns zwei Schwestern kämpfen?

Dürfen wir bitten...
Eure Majestät...?
Von mir aus sofort...!
!!!
Also gut...
Ob du wahrhaftig als Sonnenkönigin geeignet bist oder nicht...
ZAAASH

... überzeuge uns davon mit dem Ein-satz deines Körpers!
Mit kris-tall-klarem Blick ...
... aufrich-tigem Herzen ...
... edel...
... im beten-den Tanz ...
ZII ING
... für immer vereint!

Na los, zeig sie!!!
Deine Kraft!!!

Di-No: 7 Kashi Ile – 1000-fache Entschlossenheit

EREMENTAR GERAD

Ich sage es dir vorher...
... ich schone dich kein bisschen!
Hast du ver-standen?
BRIZZ
BRIZZ
!
Noch bevor der Kampf richtig begonnen hat, sind mein Körper und meine Beine von dieser überwälti-genden Kraft wie gelähmt ...!!!
Was für ein über-wältigendes Gefühl...!

Lass dich nicht ein-schüchtern !!!
ZONG
Das war zu schwach !
ZUSH
!!

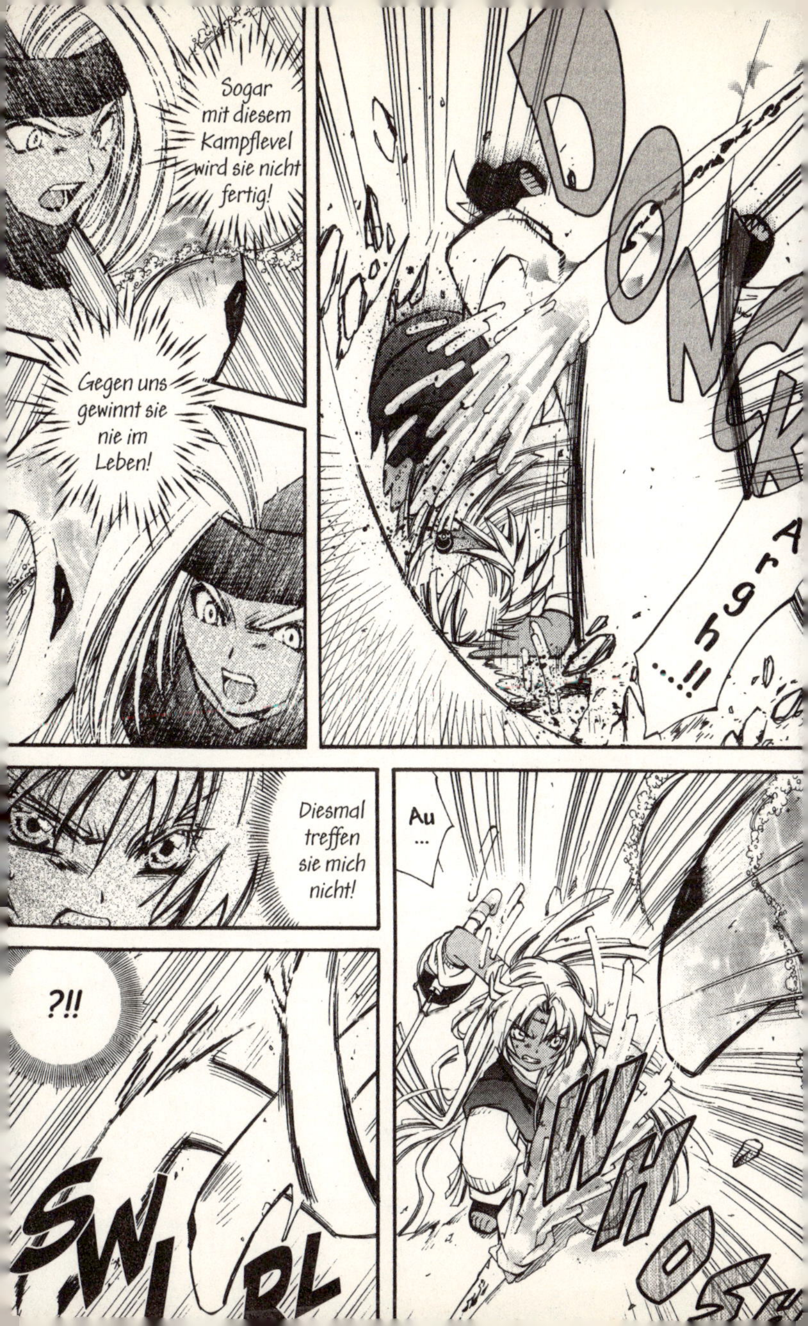
Argh...!!
Sogar mit diesem Kampflevel wird sie nicht fertig!
Gegen uns gewinnt sie nie im Leben!
Au ...
Diesmal treffen sie mich nicht!
?!!

WHOOSH
Prin-
zessin!!!
Uwaaaah!
ZOINGOING
Urgh...
Was...
war...
das...?
Das war eine andere Bewegung als zu Kampf-beginn...
Raera und Eura machen einen Zwei-Stufen-Angriff.

Die eine blockt vor dem Angriff die Bewe-gungen des Gegners...
... und die andere führt den Angriff durch.
Als Nächstes täuscht die eine den Angriff vor und die andere führt den Angriff durch...
Jedes Mal ändert sich die Art des Angriffs, sodass wir uns nicht mit einer entsprechenden Technik darauf einstellen können.
Ich habe bis jetzt noch nicht durchschaut, nach welchem Angriffs-muster die beiden funktionie-ren.
Wir können uns nicht einfach planlos in den Kampf stürzen...
Ja, aber...
TAUMEL
Ja, aber trotz-dem...
... kann ich nicht einfach nur...
Das geht nicht! So über-stürzt...!!!
... nichts tun!!!
BAZZ

Achea-sama!!!
Gut, dieses Mäd-chen...
Ich möchte sie unbedingt haben...

Sie zeigt Stärke und wider-spricht...
... und ver-sucht ver-zweifelt, einen Treffer zu landen...
Ach, Reg...
Für ein Mädchen wie sie würde ich sogar sterben.
Das ist doch wie totales Verliebt-sein?
Sie erinnert mich an jemanden, der vor Sehnsucht vergeht.

War das schon alles?!
Um dir die Kraft einer der »Sieben funkelnden Schatzbäume« zu leihen...
... darfst du deine eigene Kraft nicht überschätzen.
Dieser Schwertstreich war so leicht, dass...
... er sogar weniger Kräuselung auf den Wassern von Kashi Ile hervorruft als ein kleines herabgefallenes Blatt!

Mit Fähigkeiten auf so einem Niveau...
... kannst du nicht leichtfertig sagen, dass du dein Königreich wiederaufbaust.
Sowohl deinen Namen als auch dein Blut ...
... und auch deinen Stolz, mit dem du dich belügst, das alles...
... solltest du besser jetzt wegwerfen.
Du...
... hast kein Recht, dich Königin von Fuajarl zu nennen!!!

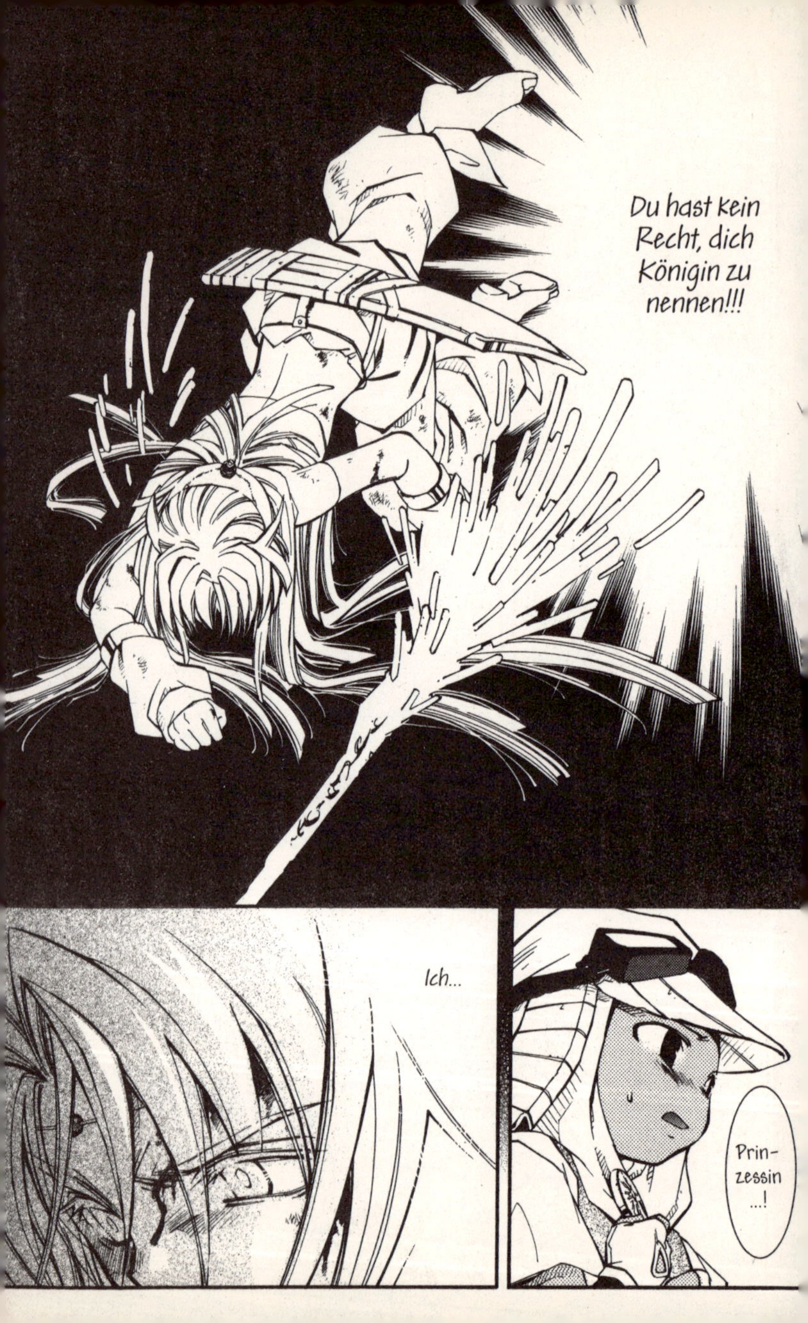
Du hast kein Recht, dich Königin zu nennen!!!
Prin-zessin ...!
Ich...

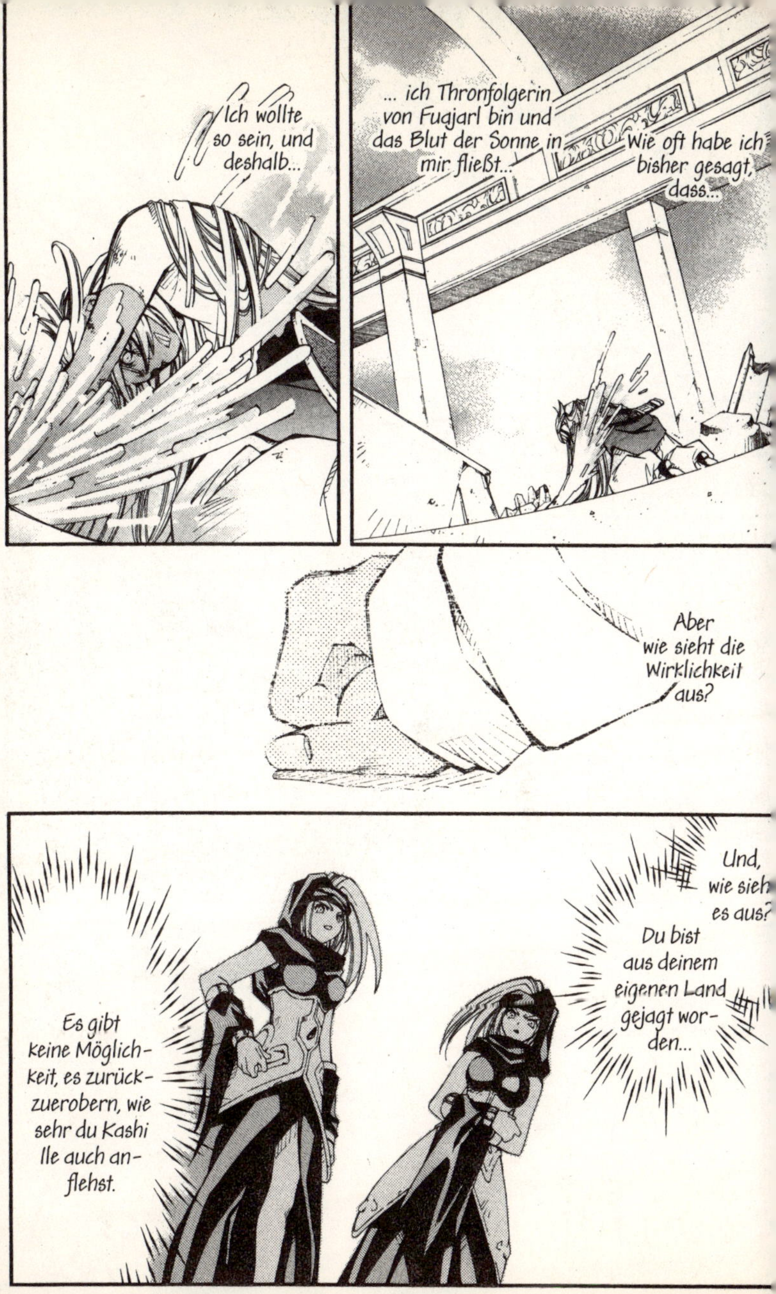
Wie oft habe ich bisher gesagt, dass...
... ich Thronfolgerin von Fugjarl bin und das Blut der Sonne in mir fließt...
Ich wollte so sein, und deshalb...
Aber wie sieht die Wirklichkeit aus?
Und, wie sieh es aus?
Du bist aus deinem eigenen Land gejagt worden...
Es gibt keine Möglichkeit, es zurückzuerobern, wie sehr du Kashi Ile auch anflehst.

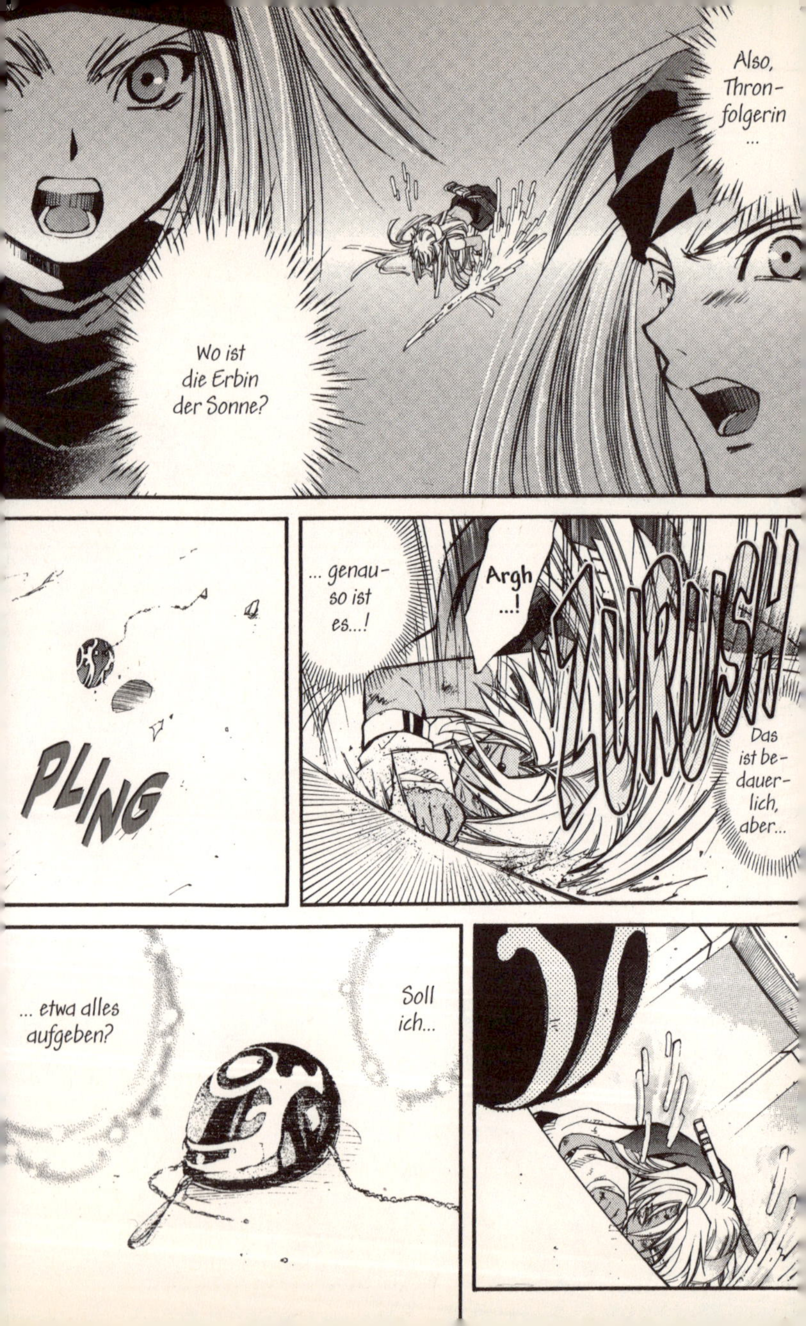
Also, Thron-folgerin ...
Wo ist die Erbin der Sonne?
Das ist be-dauer-lich, aber...
Argh ...!
... genau-so ist es...!
PLING
Soll ich...
... etwa alles aufgeben?

Auf keinen Fall!!!
Ich weiß nicht, ob ich überhaupt irgendeine Kraft besitze...
Auch wenn ich nichts tun kann...
... aber...
... auch wenn ich nichts tun kann, will ich das nicht...!

Er hat mir meinen über alles geliebten Vater ge- nommen!
Der weiße Teufel...!
Ich werde das niemals verzeihen.
Diese Szene...
... kann ich nicht vergessen...!!!
Ich habe das Versprechen gegeben, dass...
... ich Fugjarl, das mein Vater so liebte...
... höchst- persönlich zurück- hole...!!!

Sie ist aufge-stan-den...?!
Prin-zessin!
Pah... Aber sie schwankt!
TAUMEL
Aua ...

Achea-sama, wir konnten nicht beweisen, dass Ihr rechtmäßige Königin seid...
Es ist nicht nötig, weiterzukämpfen.
Achea sama, was macht Ihr?
Wollt Ihr noch weiterkämpfen?
Jin...
Sogar du redest so einen Blödsinn!

Wann habe ich gesagt, dass ich auf-gebe?
Achea-sama...!
Ich kann so nicht aufhören!
Ich gehe vorwärts!

Zu Befehl!
POFF
POFF
Wenn das so ist, werde...
ZINNG
... ich zu deiner Kraft!
Ihre Haltung ist bewundernswert. Obwohl sie so einen Angriff einstecken musste, tritt sie uns noch mal ent- gegen!
Aber was soll das bringen, nur aus Eigensinn?!
GOSH

Achea-sama... konzentriert Euer Bewusstsein auf ...
Herzschlag und Atmung.
Gegen uns kann sie nicht gewinnen!
FUAH

Was...?!
Das ist kein richtiger Körper...
Ausweichen!
Wechsel!
FUAH
!!!

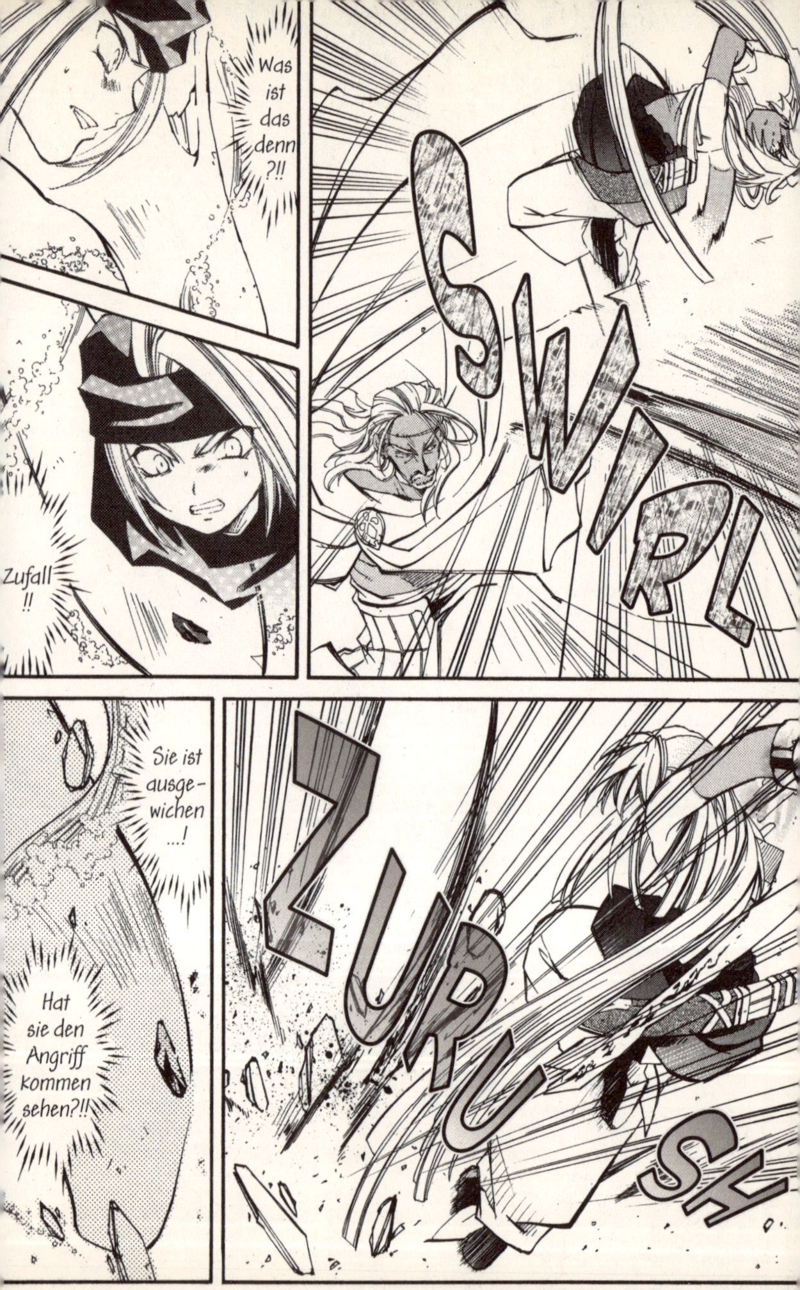
SWIRL
Was ist das denn?!!
Zufall!!
ZURUUSH
Sie ist ausge-wichen...!
Hat sie den Angriff kommen sehen?!!

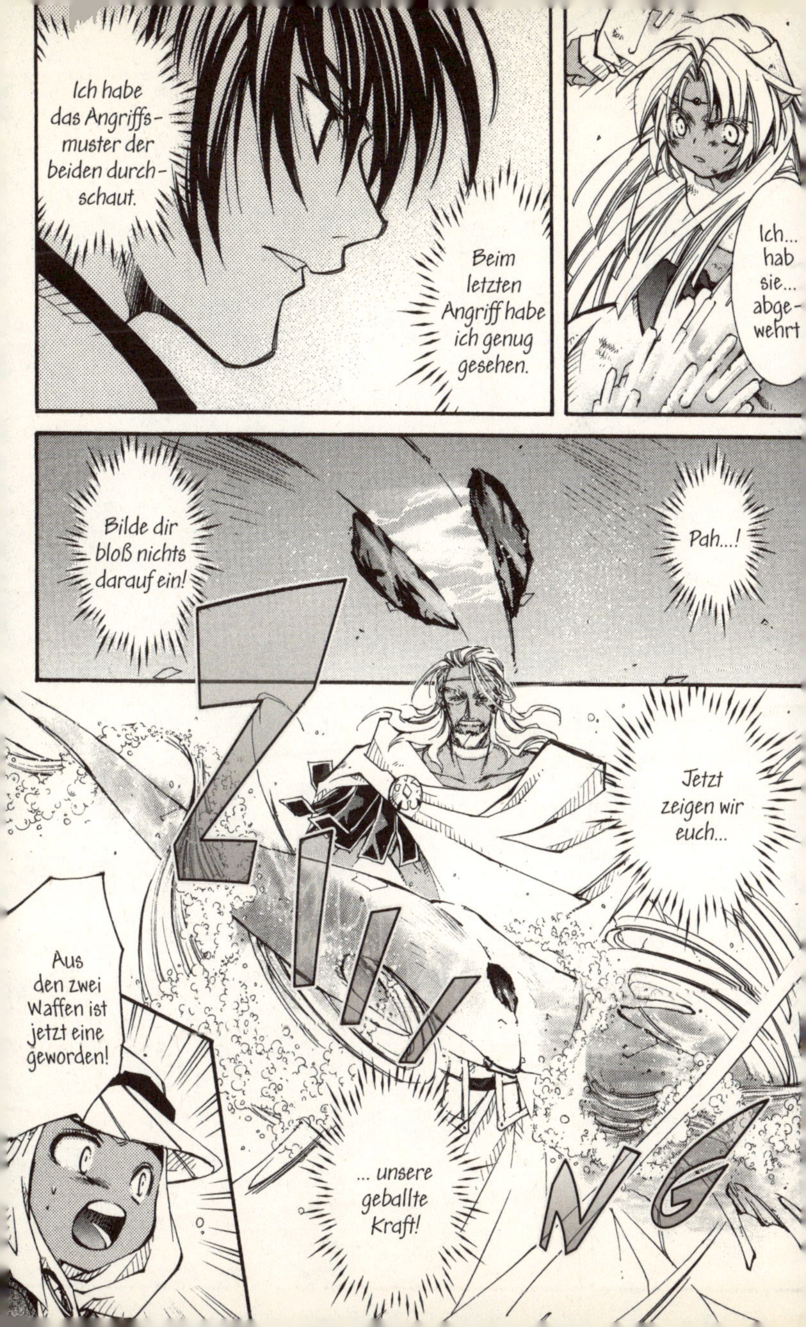

Ich... hab sie... abgewehrt
Ich habe das Angriffsmuster der beiden durchschaut.
Beim letzten Angriff habe ich genug gesehen.
Pah...!
Bilde dir bloß nichts darauf ein!
Jetzt zeigen wir euch...
... unsere geballte Kraft!
Aus den zwei Waffen ist jetzt eine geworden!

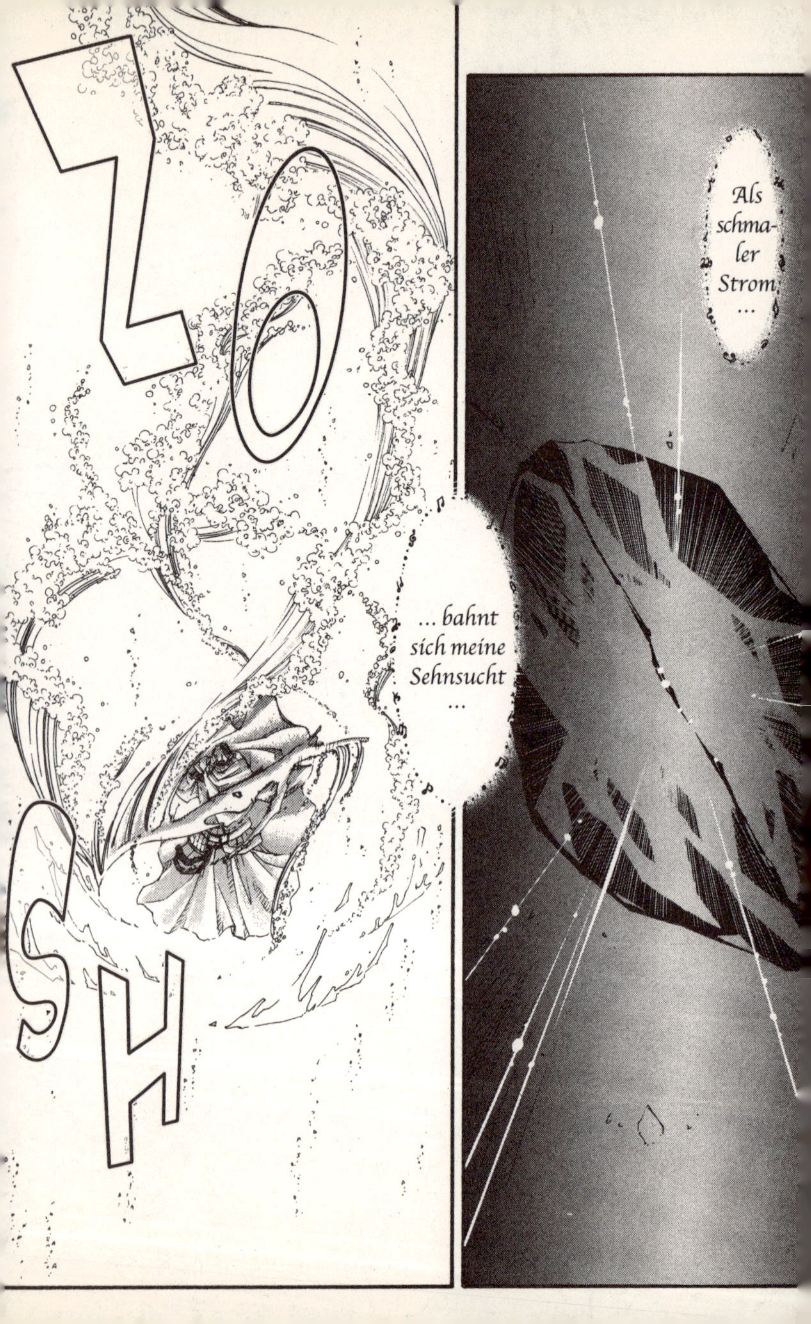
Als schmaler Strom ...
... bahnt sich meine Sehnsucht ...
ZOOSH

... durch mein Leben...
Das möchte ich nicht missen.
Drachen-wirbel!!!

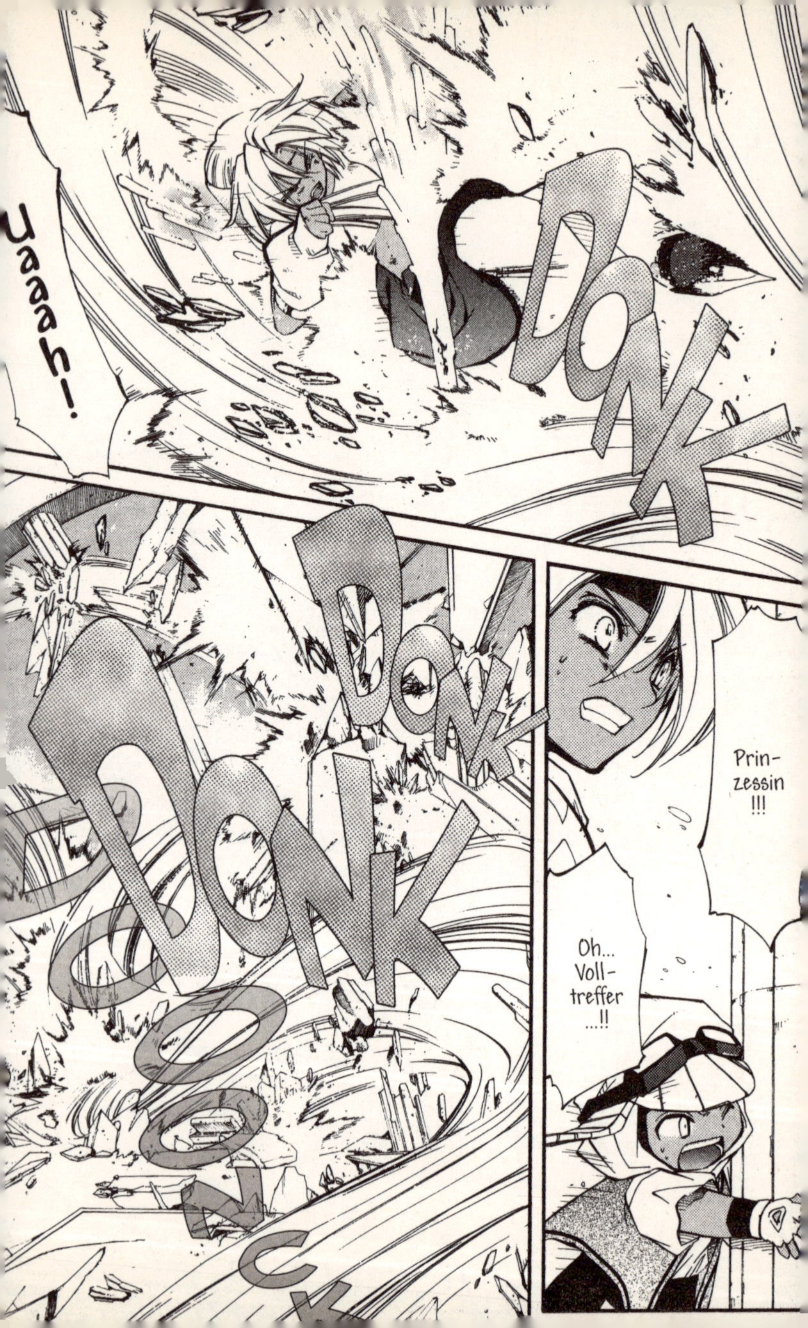
DONK
Uaaah!
Prin-
zessin
!!!
Oh...
Voll-
treffer
...!!
DONK
DONK

Verzeih mir...
... Shinga...
Das Schicksal ist zu schwer für die kleine, unerfahrene Achea...
Man muss sie aus den Fesseln befreien...
KRCK

Ich... bin...
!!!
... aus Fuajarl... Vaters...
Ich... gehe ...
... vor-wärts ...
Ich...
ZING
Einfach so...?!!
Wenn das so ist, noch ein-mal!!!
aera!
Cura!

GOOOOSH
Damit ist es beendet...!!!
Na,
Der nächste Treffer...!
Achea-sama!
Für mich gibt es keinen »nächsten Treffer«.

WHOAM
Was!!!
Sie hat unseren Angriff mit voller Kraft ...!
... tat-sächlich abge-wehrt...?!

Habt ihr es vergessen?
Ich...
... bin eine Adilraid der Gattung Velsown, das heißt, ich besitze mehrere Techniken!
Techniken...
... der Gattung Velsown ...?!
Sie hat diesen Angriff der Zwillinge abgewehrt...!
Gegen eine so starke Adilraid wie Jin können die Zwillinge nichts ausrichten...!
Ich habe Seine Majestät mal gefragt Jin-dono ist...
... aus der Gattung Velsown unter den Adilraid die Beste! Sie kann Angriffe analysieren...!!
In dem Moment, in dem sie einen Angriff einstecken muss, verhält sie sich entsprechend...
... und sie wird kein zweites Mal so einen Angriff hinnehmen!

Ich bin eine Adilraid, die unbe- siegbare Kraft be- sitzt!
Wenn die Thronfolgerin, in deren Adern das Blut der Sonne fließt, daran glaubt, den Sieg zu erlangen, und nicht aufgibt...
... führe ich sie...
... zum Sieg!!!

Bis zum Ende!
!!
!!
Wir sind noch nicht überzeugt...
TAUMEL

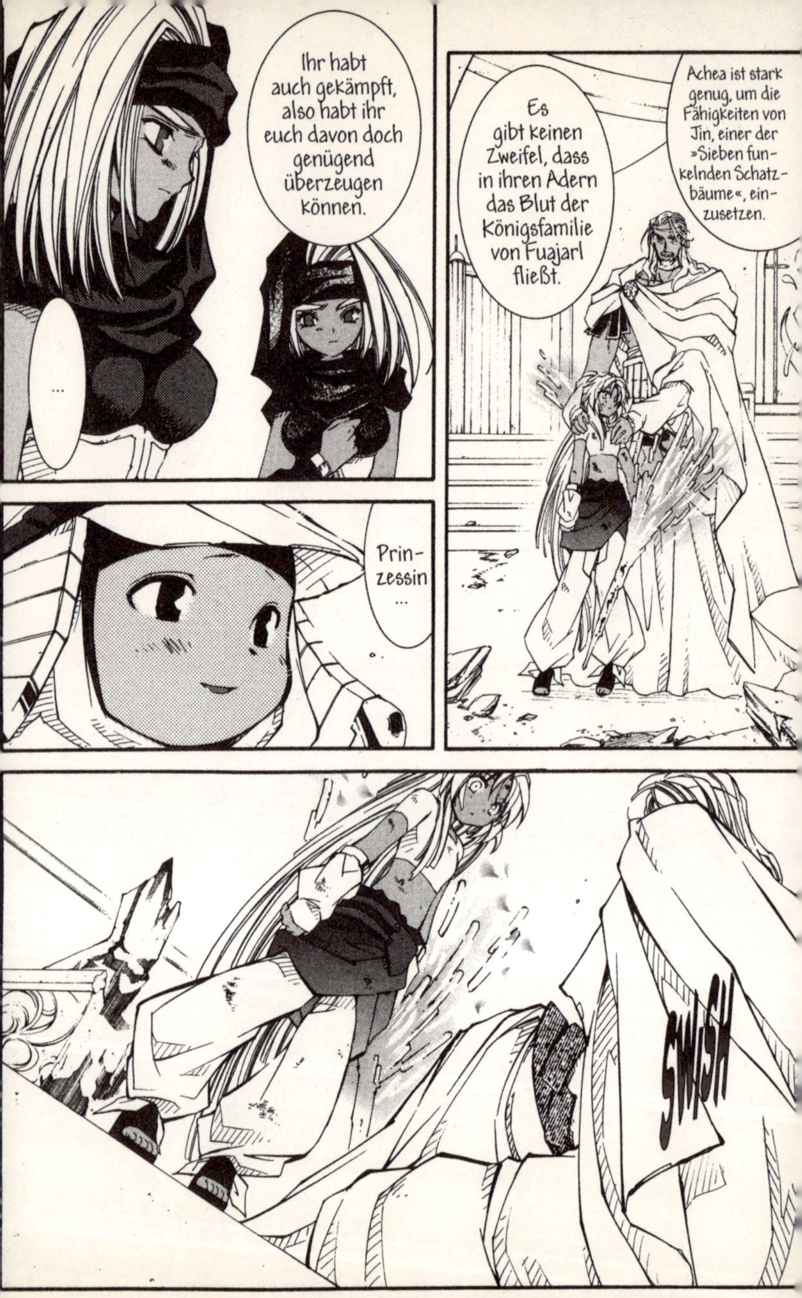
Achea ist stark genug, um die Fähigkeiten von Jin, einer der »Sieben funkelnden Schatzbäume«, einzusetzen.
Es gibt keinen Zweifel, dass in ihren Adern das Blut der Königsfamilie von Fuajarl fließt.
Ihr habt auch gekämpft, also habt ihr euch davon doch genügend überzeugen können.
...
Prinzessin ...
SWISH

König von Kash Ile...
Acheaburca, Thronfolgerin von Fuajarl...
Ihr habt uns Eure Kraft überzeugend gezeigt.
Ich bitte darum, den Bund zu erneuern.
Stellt Ihr uns Eure Kraft für »Ajakan Ile« zur Verfügung?

Wenn ich...
HACH
... Euch unterstützen kann...!

Achea, du musst hier stehen.
Was soll ich tun?
Du musst gar nichts tun, nur ruhig dort stehen bleiben.
Bitte überlass uns den Ablauf des Rituals.
Es tu ein biss-chen weh.
Für das Ritual brauchen wir dein Blut.
Autsch ...
Tut mir leid, hat es weh-getan?
Geht so. Schon gut.

Ich bin froh darüber, dass...
... ihr beide mich anerkennt...
Das ist nichts Besonderes, wir haben einen Eid geleistet!
Wir müssen alles tun, um den Untergang unseres Reiches zu verhindern.
Genauso, wie du dein Fuajarl liebst...
... lieben wir unser Kashi Ile!
EREMENTAR GERAD – FLAG OF BLUE SKY 2 Ende

Von Mayumi Azuma bei Carlsen Manga! außerdem erhältlich:
EREMENTAR GERAD Band 1-8
EREMENTAR GERAD - FLAG OF BLUE SKY Band 1-2

In Vorbereitung:
EREMENTAR GERAD Band 9
EREMENTAR GERAD - FLAG OF BLUE SKY Band 3

CARLSEN COMICS
1 2 3 4 10 09 08 07

Aus dem Japanischen von Dagmar Seidel
EREMENTAR GERAD – FLAG OF BLUE SKY volume 2

Originally published in Japan in 2005 by MAG Garden Corporation TOKYO.
German translation rights arranged with MAG Garden Corporation, Tokyo
through TOHAN CORPORATION, TOKYO.
Redaktion: Petra Lohmann
Lettering: Ronny Willisch
Herstellung: Dennis Ohrt
Litho: Die Litho, Hamburg
Druck und buchbinderische Verarbeitung:
Ebner & Spiegel GmbH, Ulm

ISBN: 978-3-551-78342-4
Printed in Germany

Puffe Runda

Es gibt kein besonderes Vorbild für Pu. Ein Hund vielleicht? Sieht er nicht wie eine Gag-Version von Coud aus?

Acheas Diener. Von Achea wird er »Pu« genannt. Eigentlich war es sein Wunsch, bei der Leibgarde des Königreichs Fuajarl einzutreten, aber weil er so klein ist und außerdem weder mit dem Schwert noch mit der Lanze umgehen und nicht reiten kann, steht er nun in den Diensten der Prinzessin.

Der kleine Pu ist in Wirklichkeit älter als Achea! Er ist schon 16 Jahre alt...

Obwohl Pu in vielerlei Hinsicht erfolglos ist, bastelt er gern an Maschinen herum – das ist seine große Stärke! Pu hat es sogar geschafft, den Panzer Race-Cradle wieder zum Laufen zu bringen. Kleiner Pu, unterstütze Achea!

Shinga und er waren beide Technik-Otakus... (Lach)

Das ist unter Pus Hut. Der Redakteur dachte, dass diese schwarze Kappe seine Haare seien.

Aber seine Haare sind darunter verborgen!

Melfond Ribrodick

Um ein eigenes Geschäft zu haben, hat Mel schon verschiedene Gegenden durchwandert. Sie ist weltgewandt und besitzt viel persönliche Erfahrung, mit der sie ihrer weltfremden Reisegruppe beisteht. Damit sie in Fuajarl ein Geschäft eröffnen kann, hat sie Achea versprochen, beim Wiederaufbau des Königreiches zu helfen.

Mel verfügt über viel Geschäftssinn, aber sie besitzt noch eine Waffe – ihre erotische Ausstrahlung. Allerding ist die nicht ganz so erfolgreich, wie sie selbst glaubt...

Es gibt kein Vorbild für Mel. Ich hatte vielleicht ein Bild wie von dem Hutmacher aus »Alice aus dem Wunderland« im Kopf.

In ihrer Kleidung hat Mel verschiedene Waffen versteckt. Noch dazu von ihrer eigenen Marke...

Handgranate mit Mels Logo

Checklist

BATTLE ANGEL ALITA
von Yukito Kishiro
€ 6,- (D) / € 6,20 (A) / sFr. 10,90
- O Band 1 bis 9

In 9 Bänden abgeschlossen

BATTLE ANGEL ALITA - LAST ORDER
von Yukito Kishiro
€ 6,- (D) / € 6,20 (A) / sFr. 10,90
- O Band 1 bis 8

Bislang 9 Bände in Japan

BLACK CAT
von Kentaro Yabuki
€ 6,- (D) / € 6,20 (A) / sFr. 10,90
- O Band 1 bis 11
- O Band 12 06/07

In 20 Bänden abgeschlossen

BLACK LAGOON
von Rei Hiroe
€ 6,- (D) / € 6,20 (A) / sFr. 10,90
- O Band 1 bis 2
- O Band 3 04/07
- O Band 4 07/07

Bislang 5 Bände in Japan

BLOOD HOUND
von Kaori Yuki
€ 8,- (D) / € 8,30 (A) / sFr. 14,70
- O Blood Hound

BLOOD ALONE
von Masayuki Takano
€ 7,50 (D)/ € 7,80 (A)/ sFr. 14,–
- O Band 1
- O Band 2 07/07

Bislang 3 Bände in Japan

BOY'S NEXT DOOR
von Kaori Yuki
€ 6,- (D) / € 6,20 (A) / sFr. 10,90
- O Boy's Next Door

BRONZE: ZETSUAI SINCE 1989
von Minami Ozaki
€ 6,- (D) / € 6,20 (A) / sFr. 10,90
- O Zetsuai Band 1 bis 5*
- O Bronze Band 1 bis 14**

Bislang *5 bzw. **14 Bände in Japan

CANDIDATE FOR GODDESS
von Yukiru Sugisaki
€ 6,- (D) / € 6,20 (A) / sFr. 10,90
- O Band 1 bis 5

Bislang 5 Bände in Japan

CANTARELLA
von You Higuri
€ 6,- (D) / € 6,20 (A) / sFr. 10,90
- O Band 1 bis 10

Bislang 10 Bände in Japan

ADOLF
von Osamu Tezuka
€ 12,- (D) / € 12,40 (A) / sFr. 21,60
- O Band 1 bis 5

In 5 Bänden abgeschlossen

AKIRA - Original Edition
von Katsuhiro Otomo
€ 16,- (D) / € 16,50 (A) / sFr. 28,-
- O Band 1 bis 6

In 6 Bänden abgeschlossen

AKIRA CLUB
von Katsuhiro Otomo
€ 29,90 (D) / € 30,80 (A) / sFr. 50,-
- O Akira Club 05/07

ALICE ACADEMY
von Tachibana Higuchi
€ 5,- (D) / € 5,20 (A) / sFr. 9,30
- O Band 1 bis 2
- O Band 3 07/07

Bislang 11 Bände in Japan

ALICHINO
von Kouyou Shurei
€ 10,- (D) / € 10,30 (A) / sFr. 17,90
- O Band 1 bis 3

Bislang 3 Bände in Japan

A MILLION TEARDROPS
von Yuana Kazumi
€ 6,- (D) / € 6,20 (A) / sFr. 10,90
- O Band 1 bis 2

In 2 Bänden abgeschlossen

ANGEL SANCTUARY
von Kaori Yuki
€ 6,- (D) / € 6,20 (A) / sFr. 10,90
- O Band 1 bis 20

In 20 Bänden abgeschlossen
€ 12,- (D) / € 12,40 (A) / sFr. 21,60
- O Postkartenbuch »Angelic Voice«

€ 30,- (D) / € 30,90 (A) / sFr. 50,50
- O Artbook »Angel Cage«
- O Artbook »Lost Angel«

ANNE FREAKS
von Yua Kotegawa
€ 7,50 (D) / € 7,80 (A) / sFr. 13,80
- O Band 1 bis 4

In 4 Bänden abgeschlossen

ASTRAL PROJECT
von marginal & Syuji Takeya
€ (D) 7,50 / € (A) 7,80 / sFr 13,80
- O Band 1 07/07

Bislang 3 Bände in Japan

BARFUSS DURCH HIROSHIMA
von Keiji Nakazawa
€ 12,- (D) / € 12,40 (A) / sFr. 21,60
- O Band 1 bis 4

BASTARD!!
von Kazushi Hagiwara
€ 6,- (D) / € 6,20 (A) / sFr. 10,90
- O Band 1 bis 23

Bislang 24 Bände in Japan

Checklist

CROWN
von Shinji Wada
€ (D) 6,- / € (A) 6,20 / sFr 10,90
- O Band 1 06/07

Bislang 2 Bände in Japan

CRUEL FAIRYTALES
von Kaori Yuki
€ 6,- (D) / € 6,20 (A) / sFr. 10,90
- O Cruel Fairytales

DAISUKI
Monatliches Magazin
Lifestyle made in Japan!
€ 5,- (D) / € 5,20 (A) / sFr. 9,90
- O bis Ausgabe 03/07
- O Ausgabe 04/07
- O • Ausgabe 05/07
- O Ausgabe 06/07
- O • Ausgabe 07/07

Empf. VK € 14,95 (D) / € 15,50 (A) / sFr. 27,70
- O Plüsch-Maskottchen KISU

Empf. VK € 14,90 (D) / € 14,90 (A) / sFr. 27,70
- O DAISUKI-Jahresplaner

DELILAH'S MYSTERY
von Nam & Tram Nguyen
€ 6,- (D) / € 6,20 (A) / sFr. 10,90
- O Delilah's Mystery

DAS DEMIAN-SYNDROM
von Mamiya Oki
€ 6,- (D) / € 6,20 (A) / sFr. 10,90
- O Band 1 bis 2
- O Band 3 04/07
- O Band 4 07/07

Bislang 4 Bände in Japan

DESIRE
von Maki Kazumi und Yukine Honami
€ 6,- (D) / € 6,20 (A) / sFr. 10,90
- O Desire

DETEKTIV LOKI / DETEKTIV LOKI - RAGNAROK
von Sakura Kinoshita
€ 6,- (D) / € 6,20 (A) / sFr. 10,90

Detektiv Loki
- O Band 1 bis 7

In 7 Bänden abgeschlossen

Detektiv Loki – Ragnarok
- O Band 1 bis 3
- O Band 4 04/07
- O Band 5 07/07

Insgesamt 5 Bände in Japan

D.N. ANGEL
von Yukiru Sugisaki
€ 5,- (D) / € 5,20 (A) / sFr. 9,30
- O Band 1 bis 11

Bislang 11 Bände in Japan

€ 26,- (D) / € 26,80 (A) / sFr. 46,70
- O Artbook »Neutral«

DNA²
von Masakazu Katsura
€ 5,- (D) / € 5,20 (A) / sFr. 9,30
- O Band 1 bis 5

In 5 Bänden abgeschlossen

CAPTAIN TSUBASA - DIE TOLLEN FUSSBALLSTARS
Von Yoichi Takahashi
€ 5,- (D) / € 5,20 (A) / sFr. 9,30
- O Band 1 bis 27

€ 6,- (D) / € 6,20 (A) / sFr. 10,90
- O Band 28 bis 37

In 37 Bänden abgeschlossen

CHARMING JUNKIE
von Ryouku Fukuyama
€ 6,- (D) / € 6,20 (A) / sFr. 10,90
- O Band 1 bis 2
- O Band 3 04/07
- O Band 4 07/07

Bislang 8 Bände in Japan

CHEEKY VAMPIRE
von Yuna Kagesaki
€ (D) 5,- / € (A) 5,20 / sFr 9,30
- O Band 1 07/07

Bislang 9 Bände in Japan

CHIBI
€ (D) 1,95 / € (A) 2,- / sFr 3,60

DRACHENSCHNEE
von Franziska Steffen & Tina Lindhorst
- O Drachenschnee 04/07

GEEKS
von Michael Rühle
- O Geeks 04/07

LUXUS
von Judith Park
- O Luxus 04/07

RACCOON
von Melanie Schober
- O Raccoon 04/07

WHITE PEARL
von Nadine Büttner
- O White Pearl 04/07

CHIRALITY
von Satoshi Urushihara
€ 10,- (D) / € 10,30 (D) / sFr. 17,90
- O Band 1 bis 3

In 3 Bänden abgeschlossen

CHRNO CRUSADE
von Daisuke Moriyama
€ 10,- (D) / € 10,30 (A) / sFr. 17,90
- O Band 1 bis 8

In 8 Bänden abgeschlossen

CLOVER!
von CLAMP
€ 8,- (D) / € 8,30 (A) / sFr. 14,70
- O Band 1 bis 4

In 4 Bänden abgeschlossen

Checklist

EREMENTAR GERAD
von Mayumi Azuma
€ 6,- (D) / € 6,20 (A) / sFr. 10,90
- O Band 1 bis 8

Bislang 11 Bände in Japan

EREMENTAR GERAD – FLAG OF BLUE SKY
von Mayumi Azuma
€ 6,- (D) / € 6,20 (A) / sFr. 10,90
- O Band 1
- O Band 2 06/07

Bislang 3 Bände in Japan

EUREKA SEVEN
BONES & Jinsei Kataoka
Kazuma Kondou
€ (D) 6,- / € (A) 6,20 / sFr 10,90
- O Band 1 05/07

Bislang 4 Bände in Japan

FAIRY CUBE
von Kaori Yuki
€ 6,- (D) / € 6,20 (A) / sFr. 10,90
- O Band 1
- O Band 2 04/07
- O Band 3 07/07

In 3 Bänden abgeschlossen

FAKE
von Sanami Matoh
€ 6,- (D) / € 6,20 (A) / sFr. 10,90
- O Band 1 bis 7

In 7 Bänden abgeschlossen

FLOWER OF THE DEEP SLEEP
von Yuana Kazumi
€ 6,- (D) / € 6,20 (A) / sFr. 10,90
- O Band 1 bis 2

In 2 Bänden abgeschlossen

FRUITS BASKET
von Natsuki Takaya
€ 5,- (D) / € 5,20 (A) / sFr. 9,30
- O Band 1 bis 12
- O Band 13 06/07

Bislang 22 Bände in Japan

GAKUEN HEAVEN
Von You Higuri / Spray
€ 6,- (D) / € 6,20 (A) / sFr. 10,90
- O Gakuen Heaven

GIRLS BRAVO
von Mario Kaneda
€ 6,- (D) / € 6,20 (A) / sFr. 10,90
- O Band 1 bis 3
- O Band 4
- O Band 5 04/07
- O Band 6 06/07

Insgesamt 10 Bände in Japan

GOD CHILD
von Kaori Yuki
€ 5,- (D) / € 5,20 (A) / sFr. 9,30
- O Band 1 bis 2

€ 6,- (D) / € 6,20 (A) / sFr. 10,90
- O Band 3 bis 13

In 13 Bänden abgeschlossen

DRAGIC MASTER
von Robert Labs
€ 10,- (D) / € 10,30 (A) / sFr. 17,90
- O Band 1 bis 2

In 2 Bänden abgeschlossen
€ 16,- (D) / € 16,50 (A) / sFr. 28,-
- O Dragic Master Special Book

DRAGON BALL und andere TORIYAMA-SERIEN

DRAGON BALL
von Akira Toriyama
€ 5,- (D) / € 5,20 (A) / sFr. 9,30
- O Band 1 bis 42

In 42 Bänden abgeschlossen

DRAGON BALL ARTBOOK
von Akira Toriyama
€ 26,- (D) / € 26,80 (A) / sFr. 44,40
- O Dragon Ball Artbook

DRAGON BALL GT
€ 6,- (D) / € 6,20 (A) / sFr. 10,90
- O Band 1 bis 3

In 3 Bänden abgeschlossen

DRAGON BALL Z
€ 6,- (D) / € 6,20 (A) / sFr. 10,90
- O Band 1 bis 11

€ 7,- (D) / € 7,20 (A) / sFr. 12,90
- O Band 12 bis 15

In 15 Bänden abgeschlossen

DRAGON BALL Z – ZEICHENKURS
€ 10,- (D) / € 10,30 (A) / sFr. 17,90
- O How to draw Dragon Ball Z

DRAGON GIRLS
von Yuji Shiozaki
€ 10,- (D) / € 10,30 (A) / sFr. 17,90
- O Band 1 bis 9

Bislang 11 Bände in Japan

3 X 3 AUGEN
von Yuzo Takada
€ 6,- (D) / € 6,20 (A) / sFr. 10,90
- O Band 1 bis 40

In 40 Bänden abgeschlossen

DYSTOPIA
von Judith Park
€ 6,- (D) / € 6,20 (A) / sFr. 10,90
- O Dystopia

DER ENTENPRINZ
von Ai Morinaga
€ 6,- (D) / € 6,20 (A) / sFr. 10,90
- O Band 1 bis 3
- O Band 4 04/07
- O Band 5 07/07

Insgesamt 6 Bände in Japan

Checklist

HELTER SKELTER
von Kyoko Okazaki
€ 14,90 (D) / € 15,40 (A) / sFr. 26,30
○ Helter Skelter

HIKARU NO GO
von Yumi Hotta/Takeshi Obata
€ 6,- (D) / € 6,20 (A) / sFr. 10,90
○ Band 1 bis 10
○ Band 11 [04/07]
○ Band 12 [07/07]
Insgesamt 23 Bände in Japan

HUNTER x HUNTER
von Yoshihiro Togashi
€ 5,- (D) / € 5,20 (A) / sFr. 9,30
○ Band 1 bis 14
○ Band 15 [06/07]
Bislang 23 Bände in Japan

IKEBUKURO WEST GATE PARK – IGWP
von Ira Ishida / Aritou Sena
€ 7,50 (D) / € 7,80 (A) / sFr. 13,80
○ Band 1 bis 3
○ Band 4 [04/07]
In 4 Bänden abgeschlossen

IN A DISTANT TIME
von Ryo Mizuno u.a.
€ 6,- (D) / € 6,20 (A) / sFr. 10,90
○ Band 1 bis 4
○ Band 5 [04/07]
○ Band 6 [07/07]
Bislang 12 Bände in Japan

I``s
von Masakazu Katsura
€ 6,- (D) / € 6,20 (A) / sFr. 10,90
○ Band 1 bis 12
○ Band 13 [05/07]
○ Band 14 [07/07]
€ 8,- (D) / € 8,30 (A) / sFr. 14,80
○ Band 5 + Sammelschuber I
○ Band 10 + Sammelschuber II
Insgesamt 15 Bände in Japan

JA-DOU
von Mamiya Oki / Tsubasa Kawahara
€ 6,- (D) / € 6,20 (A) / sFr. 10,90
○ Band 1 bis 4
€ (D) 6,- / € (A) 6,20 / sFr 10,90
○ Ja-Dou – Teiou & Keika [06/07]
Bislang 5 Bände + Zusatzband in Japan

JAPANISCH FÜR MANGA-FANS
von Thora Kerner & Jin Baron
€ 8,- (D) / € 8,30 (A) / sFr. 14,70
○ Band 1
Angelegt auf 2 Bände

JIBUN JISHIN
von Nina Werner
€ 6,- (D) / € 6,20 (A) / sFr. 10,90
○ Jibun Jishin

JUNJO ROMANTICA
von Shungiku Nakamura
€ 6,- (D) /€ 6,20 (A) / sFr. 10,90
○ Band 1 bis 2 ○• Band 3 [06/07]
Bislang 7 Bände in Japan

GO KIDS
von Zhe Zhang
€ (D) 6,- / € (A) 6,20 / sFr 10,90
○ Band 1 [04/07]

GOLDEN BOY
von Tatsuya Egawa
€ 10,- (D) / € 10,30 (A) / sFr. 17,80
○ Band 1 bis 10
In 10 Bänden abgeschlossen

GORGEOUS CARAT
von You Higuri
€ 6,- (D) / € 6,20 (A) / sFr. 10,90
○ Band 1 bis 4
In 4 Bänden abgeschlossen

GORGEOUS CARAT GALAXY
von You Higuri
€ 7,50 (D) / € 7,80 (A) / sFr. 13,80
○ Gorgeous Carat Galaxy

GRAB DER ENGEL
von You Higuri
€ 6,- (D) / € 6,20 (A) / sFr. 10,90
○ Grab der Engel

GRAVEL KINGDOM
von Kaori Yuki
€ 6,- (D) / € 6,20 (A) / sFr. 10,90
○ Gravel Kingdom [09/06]

GRAVITATION
von Maki Murakami
€ 6,- (D) / € 6,20 (A) / sFr. 10,90
○ Band 1 bis 12
Insgesamt 12 Bände in Japan

.HACK – LEGEND OF THE TWILIGHT
von Rei Izumi / Tatsuya Hamazaki
€ 6,- (D) / € 6,20 (A) / sFr. 10,90
○ Band 1 bis 2
€ 8,- (D) / € 8,30 (A) / sFr. 14,70 (280 Seiten)
○ Band 3
In 3 Bänden abgeschlossen

HANA-KIMI
von Hisaya Nakajo
€ 5,- (D) / € 5,20 (A) / sFr. 9,30
○ Band 1 bis 8
○ Band 9 [04/07]
○ Band 10 [06/07]
Insgesamt 23 Bände in Japan

HAPPY MANIA
von Moyoco Anno
€ 9,90 (D) / € 10,20 (A) / sFr. 17,80
○ Band 1 bis 6
Insgesamt 11 Bände in Japan

HEADS
von Keigo Higashino / Motorou Mase
€ 7,50 (D) / € 7,80 (A) / sFr. 13,80
○ Band 1 bis 3
○ Band 4 [06/07]
In 4 Bänden abgeschlossen

Carlsen Manga Checklist

LINE
von Yua Kotegawa
€ 7,50 (D) / € 7,80 (A) / sFr. 13,80
- O Line

LOVE MODE
von Yuki Shimizu
€ 6,- (D) / € 6,20 (A) / sFr. 10,90
- O Band 1 bis 7
- O Band 8 [2007]

Insgesamt 11 Bände in Japan

LUDWIG REVOLUTION
von Kaori Yuki
€ 6,- (D) / € 6,20 (A) / sFr. 10,90
- O Ludwig Revolution

Bislang 2 Bände in Japan

MAGIC KNIGHT RAYEARTH
von CLAMP
€ 6,- (D) / € 6,20 (A) / sFr. 10,90
- O Band 1 bis 6

In 6 Bänden abgeschlossen
€ 26,- (D) / € 26,80 (A) / sFr. 44,40
- O Illustration Collection Artbook 1+2 (HC)

MAHOROMATIC - AUTOMATIC MAIDEN
von Bunjuro Nakayama / Bow Bitama
€ 10,- (D) / € 10,30 (A) / sFr. 17,90
- O Band 1 bis 7

€ 12,- (D) / € 12,40 (A) / sFr. 21,60
- O Band 8

In 8 Bänden abgeschlossen

MANGA LOVE STORY
von Katsu Aki
€ 6,- (D) / € 6,20 (A) / sFr. 10,90
- O Band 1 bis 31
- O Band 32 [05/07]

Bislang 32 Bände in Japan
€ 16,- (D) / € 16,50 (A) / sFr. 28,-
- O Artbook »Yura Yura«

MANGA LOVE STORY FOR LADIES
von Katsu Aki
€ 6,- (D) / € 6,20 (A) / sFr. 10,90
- O Band 1 bis 2

Bislang 2 Bände in Japan

MANGA-TALENTE
Diverse
€ 6,- (D) / € 6,20 (A) / sFr. 10,90
- O Manga-Talente 2006
- O Manga-Talente 2007

MANGA ZEICHENKURS
von Akira Toriyama
€ 10,- (D) / € 10,30 (A) / sFr. 17,90
- O Manga Zeichenkurs (Paperback)

MIRMO!
von Hiromu Shinozuka
€ 5,- (D) / € 5,20 (A) / sFr. 9,30
- O Band 1 bis 5
- O Band 6 [05/07]

Insgesamt 12 Bände in Japan

KAINE
von Kaori Yuki
€ 6,- (D) / € 6,20 (A) / sFr. 10,90
- O Kaine - Endorphine of Black

KAJIKA
von Akira Toriyama
€ 5,- (D) / € 5,20 (A) / sFr. 9,30
- O Kajika

KAMIYADORI
von Kei Sanbe
€ (D) 6,- / € (A) 6,20 / sFr 10,90
- O Band 1 [06/07]

Insgesamt 5 Bände in Japan

KARE KANO
von Masami Tsuda
€ 5,- (D) / € 5,20 (A) / sFr. 9,30
- O Band 1 bis 13
- O Band 14 [05/07]

Insgesamt 21 Bände in Japan
Empf. VK € 24,95 (D) / € 25,90 (A) / sFr. 39,90
- O Anime-DVDs Vol. 1 bis 8

In 8 DVDs abgeschlossen

KISS ME, TEACHER
von Kazuma Kodaka
€ 6,- (D) / € 6,20 (A) / sFr. 10,90
- O Band 1 bis 7
- O Band 8 [2007]

Insgesamt 10 Bände in Japan

KIZUNA
von Kazuma Kodaka
€ 6,- (D) / € 6,20 (A) / sFr. 10,90
- O Band 1 bis 10

Bislang 10 Bände in Japan

KYOKO KARASUMA
von Ohji Hiroi & Yusuke Kozaki
€ (D) 6,- / € (A) 6,20 / sFr 10,90
- O Band 1 [05/07]

Bislang 4 Bände in Japan

LADY SNOWBLOOD
von Kazuo Koike / Kazuo Kamimura
€ 16,90 (D) / € 17,40 (A) / sFr. 29,70
- O Band 1 bis 2

€ 18,- (D) / € 18,50 (A) / sFr. 31,60
- O Band 2 + Sammelschuber

In 2 Bänden abgeschlossen

LAGOON ENGINE
von Yukiru Sugisaki
€ 6,- (D) / € 6,20 (A) / sFr. 10,90
- O Band 1 bis 3

Bislang 4 Bände in Japan

LAWFUL DRUG
von CLAMP
€ 8,- (D) / € 8,30 (A) / sFr. 14,70
- O Band 1 bis 3

Bislang 3 Bände in Japan

LEGEND OF LEMNEAR
von Satoshi Urushihara
€ 10,- (D) / € 10,30 (A) / sFr. 17,90
- O Band 1 bis 3

In 3 Bänden abgeschlossen

Checklist

ONE PIECE
von Eiichiro Oda
€ 5,- (D) / € 5,20 (A) / sFr. 9,30
- O Band 1 bis 42
- O Band 43 [06/07]

Bislang 44 Bände in Japan
€ 7,- (D) / € 7,20 (A) / sFr. 12,90
- O One Piece Blue

€ 8,- (D) / € 8,30 (A) / sFr. 14,70
- O One Piece Red

€ 20,- (D) / € 20,60 (A) / sFr. 34,90
- O Artbook »Color Walk«

ONLY THE RING FINGER KNOWS
von Satoru Kannagi / Hotaru Odagiri
€ 6,- (D) / € 6,20 (A) / sFr. 10,90
- O Only The Ring Finger Knows

OURAN HIGH SCHOOL HOST CLUB
von Bisco Hatori
€ 5,- (D) / € 5,20 (A) / sFr. 9,30
- O Band 1 bis 6
- O Band 7 [06/07]

Bislang 8 Bände in Japan

PLASTIC LITTLE
von Satoshi Urushihara
€ 10,- (D) / € 10,30 (A) / sFr. 17,90
- O Plastic Little

PRINZESSIN MONONOKE
von Hayao Miyazaki / Studio Ghibli
€ 6,- (D) / € 6,20 (A) / sFr. 10,90
- O Band 1 bis 4

In 4 Bänden abgeschlossen
€ 35,- (D) / € 36,- (A) / sFr. 60,50
- O Prinzessin Mononoke – Artbook (HC)

R^2 - RISE R TO THE SECOND POWER
von Maki Hakoda
€ 6,- (D) / € 6,20 (A) / sFr. 10,90
- O Band 1 bis 2

Bislang 2 Bände in Japan

RAGNAROCK CITY
von Satoshi Urushihara
€ 18,- (D) / € 18,70 (A) / sFr. 31,60
- O Ragnarock City

RECORD OF LODOSS WAR
von Ryo Mizuno u.a.
€ 6,- (D) / € 6,20 (A) / sFr. 10,90
- O Die Chroniken von Flaim Band 1 bis 6

In 6 Bänden abgeschlossen
- O Die graue Hexe Band 1 bis 3

In 3 Bänden abgeschlossen
- O Deedlit Band 1 bis 2

In 2 Bänden abgeschlossen
€ 12,- (D) / € 12,40 (D) / sFr. 21,60
- O Lady von Pharis Band 1 bis 2

In 2 Bänden abgeschlossen

MISSILE HAPPY!
von Miki Kiritani
€ 6,- (D) / € 6,20 (A) / sFr. 10,90
- O Band 1 bis 5

In 5 Bänden abgeschlossen

MIYUKI-CHAN IM WUNDERLAND
von CLAMP
€ 12,- (D) / € 12,40 (A) / sFr. 21,60
- O Miyuki-Chan im Wunderland

NARUTO
von Masashi Kishimoto
€ 5,- (D) / € 5,20 (A) / sFr. 9,30
Naruto
- O Band 1 bis 22
- O Band 23 [04/07]
- O Band 24 [06/07]

Bislang 34 Bände + 3 Zusatzbände in Japan
€ (D) 8,- / € (A) 8,30 / sFr 14,70
- O Naruto - Die Schriften des Rin [07/07]

NEJI
von Kaori Yuki
€ 6,- (D) / € 6,20 (A) / sFr. 10,90
- O Neji

NEKO MAJIN
von Akira Toriyama
€ (D) 9,90 / € (A) 10,20 / sFr 17,80
- O Neko Majin [07/07]

NEON GENESIS EVANGELION
von Gainax / Yoshiyuki Sadamoto
€ 6,- (D) / € 6,20 (A) / sFr. 10,90
- O Band 1 bis 10

Bislang 10 Bände in Japan

NEON GENESIS EVANGELION-IRON MAIDEN 2ND
von Gainax / Fumino Hayashi
€ 6,- (D) / € 6,20 (A) / sFr. 10,90
- O Band 1 bis 4
- O Band 5 [04/07]
- O Band 6 [06/07]

In 6 Bänden abgeschlossen

NEON GENESIS EVANGELION - ARTBOOKS
von Gainax / Yoshiyuki Sadamoto
€ 16,- (D) / € 16,50 (A) / sFr. 28,-
- O Photo-File 1: Eve
- O Photo-File 2: Adam

€ 26,- (D) / € 26,80 (A) / sFr. 44,40
- O Artbook »Der Mond«
- O Artbook »Die Sterne«

€ 36,- (D) / € 37,10 (A) / sFr. 60,-
- O Artbook »100% Newtype«

OLD BOY
von Tsuchiya Garon / Minegishi Nobuaki
€ 12,- (D) / € 12,40 (A) / sFr. 21,90
- O Band 1 bis 2
- O Band 3 [05/07]

Insgesamt 8 Bände in Japan (JP 1+2 = dt.1)

Checklist

SPIRITED AWAY – CHIHIROS REISE INS ZAUBERLAND
von Hayao Miyazaki / Studio Ghibli
€ 7,- (D) / € 7,20 (A) / sFr. 12,90
- O Band 1 bis 5

In 5 Bänden abgeschlossen

SUSHI ENTDECKEN
vom Studio Isamoto
€ 10,- (D) / € 10,30 (A) / sFr. 17,90
- O Sushi entdecken (HC)

TACTICS
von Sakura Kinoshita / Kazuko Higashiyama
€ 6,- (D) / € 6,20 (A) / sFr. 10,90
- O Band 1 bis 7

Bislang 8 Bände in Japan

TAKUMI-KUN
von Shinobou Gotoh / Kazumi Ohya
€ 6,- (D) / € 6,20 (A) / sFr. 10,90
- O Band 1
- O Band 2 04/07
- O Band 3 07/07

Bislang 6 Bände in Japan

TOKYO BABYLON
von CLAMP
€ 6,- (D) / € 6,20 (A) / sFr. 10,90
- O Band 1 bis 5

In 5 Bänden abgeschlossen

TOKYO MEW MEW
von Mia Ikumi / Reiko Yoshida
€ 5,- (D) / € 5,20 (A) / sFr. 9,30
- O Band 1 bis 7

In 7 Bänden abgeschlossen

TOKYO MEW MEW A LA MODE
von Mia Ikumi
€ 6,- (D) / € 6,20 (A) / sFr. 10,90
- O Band 1 bis 2

In 2 Bänden abgeschlossen

TRAIN MAN
von Hitori Nakano & Hidenori Hara
€ (D) 6,- / € (A) 6,20 / sFr 10,90
- O Band 1 06/07

Insgesamt 3 Bände in Japan

TRIGUN / TRIGUN MAXIMUM
von Yasuhiro Nightow
€ 12,- (D) / € 12,40 (A) / sFr. 21,60
- O Trigun Band 1 bis 2

In 2 Bänden abgeschlossen
- O Trigun Maximum: Band 1 bis 4

Bislang 12 Bände in Japan (jp. 1+2 = dt. 1)

VAMPIRE KNIGHT
Matsuri Hino
€ (D) 6,- / € (A) 6,20 / sFr 10,90
- O Band 1 04/07

Bislang 4 Bände in Japan

RG VEDA
von CLAMP
€ 6,- (D) / € 6,20 (A) / sFr. 10,90
- O Band 1

€ 8,- (D) / € 8,30 (A) / sFr. 14,70
- O Band 2 bis 5

€ 6,- (D) / € 6,20 (A) / sFr. 10,90
- O Band 6 bis 7

In 7 Bänden abgeschlossen

SAIYUKI
von Kazuya Minekura
€ 10,- (D) / € 10,30 (A) / sFr. 17,90
- O Band 1 bis 9

In 9 Bänden abgeschlossen

SAND LAND
von Akira Toriyama
€ 5,- (D) / € 5,20 (A) / sFr. 9,30
- O Sand Land

SEIMADEN
von You Higuri
€ 6,- (D) / € 6,20 (A) / sFr. 10,90
- O Band 1 bis 10

In 10 Bänden abgeschlossen

SHAMAN KING
von Hiroyuki Takei
€ 5,- (D) / € 5,20 (A) / sFr. 9,30
- O Band 1 bis 18
- O Band 19 05/07
- O Band 20 07/07

Insgesamt 32 Bände in Japan

SHE, THE ULTIMATE WEAPON
von Shin Takahashi
€ 6,- (D) / € 6,20 (A) / sFr. 10,90
- O Band 1 bis 6

€ 8,- (D) / € 8,30 (A) / sFr. 14,70 (336 Seiten)
- O Band 7

In 7 Bänden abgeschlossen

SHIN ANGYO ONSHI – DER LETZTE KRIEGER
von Youn In-Wan und Yang Kyung-Il
€ 6,50 (D) / € 6,70 (A) / sFr. 12,-
- O Band 1 bis 2
- O Band 3 05/07
- O Band 4 07/07

Bislang 15 Bände in Japan

SKIP BEAT
von Yoshiki Nakamura
€ 5,- (D) / € 5,20 (A) / sFr. 9,30
- O Band 1 bis 8

Bislang 13 Bände in Japan

SKYDREAM SONG
von Yuana Kazumi
€ 6,- (D) / € 6,20 (A) / sFr. 10,90
- O Skydream Song

SLAYERS SPECIAL
Hajime Kanzaka / Tommy Ohtsuka & Rui Araizumi
€ (D) 6,- / € (A) 6,20 / sFr 10,90
- O Band 1 06/07

Insgesamt 4 Bände in Japan

Checklist

Y SQUARE
von Judith Park
€ 6,- (D) / € 6,20 (A) / sFr. 10,90
- O Y Square

YOU HIGURIS LOST ANGEL
von You Higuri
€ 6,- (D) / € 6,20 (A) / sFr. 10,90
- O You Higuris Lost Angel

YU-GI-OH!
von Kazuki Takahashi
€ 5,- (D) / € 5,20 (A) / sFr. 9,30
- O Band 1 bis 28
- O Band 29 05/07
- O Band 30 07/07

Insgesamt 38 Bände in Japan

ZETSUAI
siehe Rubrik BRONZE: ZETSUAI SINCE 1989

VENUS ILLUSTRATIONS ARTBOOK
von Satoshi Urushihara
€ 16,- (D) / € 16,50 (A) / sFr. 28,-
- O Venus Illustrations Artbook

W JULIET
von Emura
€ 6,- (D) / € 6,20 (A) / sFr. 10,90
- O Band 1 bis 6
- O Band 7 05/07

Insgesamt 14 Bände in Japan

DAS WANDELNDE SCHLOSS
von Hayao Miyazaki / Studio Ghibli
€ 7,90 (D) / € 8,20 (A) / sFr. 14,60
- O Band 1 bis 4

In 4 Bänden abgeschlossen

WANTED!
von Eiichiro Oda
€ 5,- (D) / € 5,20 (A) / sFr. 9,30
- O Wanted!

WEISSER WALZER
von Chiho Saito
€ 6,- (D) / € 6,20 (A) / sFr. 10,90
- O Band 1 bis 4

In 4 Bänden abgeschlossen

WHEN A MAN LOVES A MAN
von Youka Nitta
€ (D) 6,- / € (A) 6,20 / sFr 10,90
- O Band 1 06/07

Insgesamt 9 Bände in Japan

WILD ADAPTER
von Kazuya Minekura
€ 7,50 (D) / € 7,80 (A) / sFr. 13,80
- O Band 1 bis 4

Bislang 5 Bände in Japan

WILD FISH
von Reiichi Hiiro
€ (D) 6,- / € (A) 6,20 / sFr 10,90
- O Wild Fish 06/07

WILD ROCK
von Kazusa Takashima
€ 6,- (D) / € 6,20 (A) / sFr. 10,90
- O Wild Rock

WISH
von CLAMP
€ 6,- (D) / € 6,20 (A) / sFr. 10,90
- O Band 1 bis 4

In 4 Bänden abgeschlossen
€ 12,- (D) / € 12,40 (A) / sFr. 21,60
- O Wish Illustration Collection (HC)

X/1999
von CLAMP
€ 6,- (D) / € 6,20 (A) / sFr. 10,90
- O Band 1 bis 18

Bislang 18 Bände in Japan

YAMI NO MATSUEI
von Yoko Matushita
€ 6,- (D) / € 6,20 (A) / sFr. 10,90
- O Band 1 bis 11

Bislang 11 Bände in Japan

HALT!

Dieser Comic beginnt nicht auf dieser Seite...
»**EREMENTAR GERAD – FLAG OF BLUE SKY**« ist ein
japanischer Comic. Da in Japan
von »hinten« nach »vorn« gelesen
wird, müsst ihr diesen Band auf
der anderen Seite aufschlagen und
von »hinten« nach »vorn« blättern.
Auch die Bilder und Sprechblasen
werden von rechts oben nach links
unten gelesen, so wie es die
Grafik hier zeigt. Es ist zuerst
ein wenig ungewohnt, aber ihr
werdet merken, dass man sich
sehr schnell daran gewöhnt.
Probiert es einfach aus!
Viel Spaß mit »**EREMENTAR GERAD –
FLAG OF BLUE SKY**«!

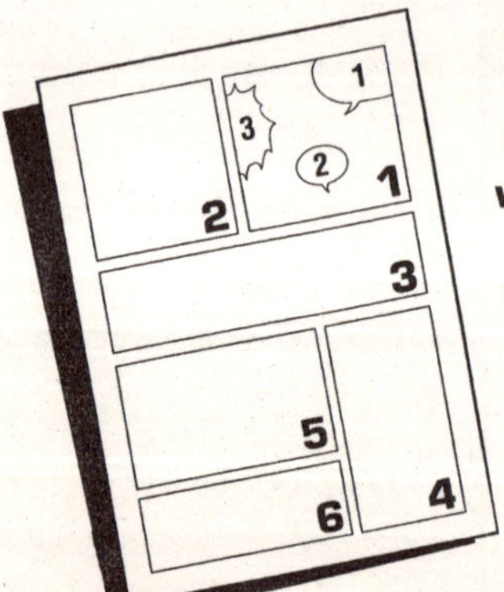